MARCEL PAGNOL
de l'Académie française

PIROUETTES

roman

FORTUNIO

Editions de Fallois

Photographie de la couverture :
Marcel Pagnol à vingt ans.

ISBN : 2 - 87706 - 073 - X
ISSN : 0989 - 3512

ÉDITIONS DE FALLOIS, 22, rue La Boétie, 75008 Paris.

À CHARLES FASQUELLE,

Affectueusement.

Son ami
M. P.
1932

PRÉFACE

AU temps où Fortunio *était la gloire littéraire de Marseille – ce n'est pas d'hier, hélas! – j'avais sur mes épaules de lourdes responsabilités : j'étais directeur, secrétaire de la rédaction, rédacteur principal, metteur en pages et chef des colleurs de bandes nocturnes.*

La plus délicate de ces fonctions, c'était celle du metteur en pages, car on ne savait jamais de quels articles serait composé le numéro. Ou plutôt, si, on le savait très bien, puisque la chose était discutée en grand conseil longtemps à l'avance; là, chacun exigeait trois pages, six pages, dix pages, pour dire ce qu'il avait à dire. *Mais à l'imprimerie, c'était une autre histoire.*

Arno-Charles Brun avait réclamé cinq pages pour un conte de Noël : il se présentait, l'air spirituel, la mine fleurie et il me débitait de plausibles excuses inventées aisément par sa paresse ingénieuse et, à mes reproches insultants, il répondait d'un air affable par des calembours prémédités.

Derrière lui venait Gaston Mouren; je l'attendais comme le Messie, car il m'apportait sans aucun doute son Étude sur le mouvement symboliste de la fin du XIXe siècle. *Mais, comme je lui tendais la main, il n'y déposait que la sienne. Puis, me montrant le bout de ses doigts, ronds et rouges comme des abcès, il m'expliquait son impuissance littéraire momentanée par l'abus des leçons de violoncelle et m'invitait à venir chez lui, pour entendre un « Minuetto » qu'il avait appris à mon intention.*

Alors, j'allais chercher Ballard, homme énergique, homme habile et toujours prêt à maîtriser les situations désespérées et nous mettions en commun toute notre ingéniosité.

Plus d'une fois, nous avons réussi à cerner Marcel Gras sur un trottoir, et là, nous faisions appel à son cœur, à son amitié, à son amour pour les Lettres; quand il était dans un jour de dépression nerveuse, je le terrorisais en me donnant à moi-même ma démission définitive et, sur-le-champ, Ballard l'hypnotisait. Alors, Marcel Gras, sur une table de café, consentait à me dicter un de ses poèmes, qu'il savait par cœur, mais qu'il n'écrivait jamais. Il fallait ensuite mettre une sentinelle à l'imprimerie jusqu'à l'impression du numéro, car Marcel Gras rôdait dans le quartier et tentait, par des raids audacieux, ou sous prétexte de corriger les épreuves, de rentrer en possession de son œuvre, pour empêcher une publication prématurée.

Mais lorsque Marcel Gras n'était pas déprimé, il n'y avait plus rien à faire; alors Ballard, d'une encre impudente, fabriquait une interview sensationnelle et prêtait des propos hardis à quelque gloire littéraire qui se trouvait à ce moment en Indochine ou à Tahiti. Ou encore, inventant un « Correspondant parisien », je faisais pour nos lecteurs le compte rendu détaillé d'une répétition générale que je n'avais jamais vue... Il y a ainsi, dans les premiers numéros de Fortunio, *toute une série d'impostures qui donnent beaucoup de charme à la collection.*

Cependant, ces expédients de la dernière heure n'étaient pas une solution stable. D'autant que notre imprimeur, fallacieux comme tous ses confrères, mettait à profit notre désarroi et prétendait, par notre retard de vingt-quatre heures, justifier son propre retard d'une semaine ou de quinze jours.

Nous eûmes alors une idée : il fallait publier un roman, tout simplement; un roman bouche-trou, dont les pages remplaceraient les articles des auteurs défaillants, comme les caisses à savon remplaçaient déjà, dans nos bureaux, les fauteuils de cuir; ce serait l'élément élastique de la revue. *Et pour être sûr qu'il fût écrit, je décidai de l'écrire moi-même, car je me fiais entièrement à ma parole. J'avais tort. Ce roman, qui s'appelait alors* Le Mariage de Peluque *et qui est, aujourd'hui,* Pirouettes, *je l'ai composé au marbre de l'imprimerie, sur le papier rugueux qui sert à tirer les épreuves et mon rêve, qui était d'avoir au moins trente pages d'avance, ne fut jamais réalisé...*

⁂

Cette œuvre obtint un grand, un immense succès auprès de nos abonnés.

Je dois dire que notre cahier d'abonnements, qui

contenait deux cents prénoms, ne portait que cinq ou six noms, quinze ou vingt fois répétés et ces noms-là, c'étaient les nôtres; car nous avions abonné d'office, et séparément, nos pères, mères, oncles, tantes, frères, cousins, cousines et grand-mères. Et même, toute personne qui cumulait deux titres, comme oncle et parrain, ou marraine et grand-mère, était automatiquement dédoublée en deux lecteurs et devait souscrire à deux abonnements.

Ce vaste public de connaisseurs fit un accueil flatteur au Mariage de Peluque. *Je décidai aussitôt de renoncer à écrire des tragédies en vers et je dédiai ma vie au roman.*

⁂

Lorsque je vins à Paris, en 1922, je mis au net mon petit manuscrit et je le portai, d'un pas léger, chez trois grands éditeurs parisiens. Hélas! Ces gens-là n'étaient point mes parents ni les parents de mes amis.

Le premier refusa tout net, sur la foi d'un rapport de son lecteur. Ce verdict affirmait que mon œuvre était un pastiche de Louis Codet, que je lus à cette occasion. L'éditeur, homme affable et souriant, voulut adoucir l'amertume du refus en me confiant un travail : il s'agissait de réviser un petit manuel de conversation franco-anglaise avec prononciation figurée (Shofer, Konn'duisy moua â lâ plass Peeguell). J'acceptai ce travail avec de grands remerciements et je ne le fis jamais.

Pour le deuxième, je ne pus le voir; mais son principal collaborateur me reçut d'une façon charmante et, avec une grande bienveillance, il me signifia son refus. Puis il m'expliqua que ma longue nouvelle n'avait qu'un défaut, mais un défaut capital : elle était un pastiche d'un roman de Pierre Bost, qui venait de paraître, et que je lus aussitôt avec un grand plaisir. Je me suis toujours demandé, et je me demande encore, comment une œuvre publiée dans une revue, en 1918, pouvait être le pastiche d'un roman qui parut en 1924. Et ce qui achève de m'affoler, lorsque j'y pense, c'est que les deux œuvres n'ont absolument aucun rapport...

Le troisième éditeur ne refusa pas mon roman. Je veux dire qu'il ne le refusa même pas.

Il retrouva le manuscrit sept ans plus tard, à l'occasion d'un déménagement; à l'occasion aussi de Topaze *et de* Marius. *La six centième de* Topaze *coïncida avec la quatre cent cinquantième de* Marius *et ces deux petits événements coïncidèrent avec la découverte de mon manuscrit. Cette merveilleuse série de coïncidences pourrait donner à penser. Pour moi, je n'y mis aucune malice et, si je refusai de laisser publier, après sept ans d'attente, mon manuscrit, c'est parce que, depuis cinq ans, Eugène Fasquelle était devenu mon éditeur et mon ami. C'était environ le temps que d'éditeur il devint éditeurs, cette s, fluette et serpentine, représentant un gaillard de six pieds au moins.*

Charles Fasquelle, un jour, à la campagne, eut l'imprudence de me confier les épreuves de Topaze. *Je l'avais pourtant averti. Je lui avais dit que je les perdrais, que le doute n'était pas possible, que je déclinais à l'avance toute responsabilité. Et, en effet, je les perdis.*

Il prétendit les retrouver. Il vint chez moi, il me fit asseoir dans un coin et il vida sur le parquet tous les tiroirs de mon bureau. Il ne trouva pas les épreuves, puisqu'elles étaient, comme nous l'apprîmes plus tard, au vestiaire d'un restaurant; mais il découvrit le manuscrit de Pirouettes. *Il l'emporta, le lut à son père et me proposa de l'éditer...*

***

Alors, j'ai voulu refaire cette longue nouvelle, j'ai voulu l'étoffer, la compléter, la corriger, lui donner le poids d'un vrai roman. Alors, fourbissant ma meilleure plume, ayant rempli mon écritoire d'une encre indélébile, je tentai d'amender Pirouettes.

Et puis, dès les premières phrases, j'ai revu ce petit jeune homme que j'étais, l'habitant joyeux des hôtels meublés de la rue d'Orsel. Et il m'a semblé que je n'avais pas le droit de corriger son œuvre, de couper l'un de ses chapitres, d'ajouter une page qu'il n'avait pas écrite. Il avait peut-être ses raisons, des raisons que je ne sais plus. Et je n'ai pas voulu toucher à ces pages posthumes.

1932

CHAPITRE AVANT LE PREMIER

JE publie aujourd'hui ces Mémoires, ou du moins quelques-uns des cahiers qui les constituent. J'espère, selon la formule, que l'on aura autant de plaisir à les lire que j'en pris à les composer.

Ce mot de « composer » est ici une impropriété véritable. Pierre Pons m'en eût fait reproche au temps où nous étions ensemble en rhétorique, car il siégeait de l'autre côté de la chaire.

M. Pons, qui n'avait qu'un sourcil en deux ondulations et qui portait la raie à droite, était un homme expert en matière de langage : il voulait que l'on usât des mots dans leur sens propre, en quoi il n'avait pas tort, et ne méprisait point l'imparfait du subjonctif.

D'autre part, il exigeait pour le devoir de français un plan rigoureux, avec des numéros et des accolades, et des articulations robustes pour joindre les paragraphes. La grande affaire était de recouvrir ces jointures par la chair des transitions : nous n'y parvenions pas toujours; alors M. Pons, tout plein de mépris, nous en dictait des modèles de sa façon, qui n'étaient pas improvisés. Ses ouvrages littéraires, s'il en imprime jamais, seront pareils aux jeunes femmes, dont les plus beaux endroits sont la fossette du coude, le pli de l'aine et le creux satiné du jarret.

M. Pons ne prisera point un livre qui commence par une impropriété et dont le plan n'a point d'équilibre. Il supportera péniblement la faible liaison de ses parties; il suffoquera de n'y point trouver de conclusion, qui « soutire, condense, solidifie et cristallise tout le meilleur suc de l'ouvrage », et le présente au lecteur « sous une forme étincelante et de faible volume ».

Ces reproches sont graves; ils frapperaient fortement un travail d'imagination, comme serait un ouvrage universitaire ou un roman.

Et moi aussi, quand j'écrirai à la manière de M. Crouzet ou de M. Benoit, dans le silence du cabinet et les pieds au fond d'une chancelière, je m'aiderai d'un plan aisément construit; mais ce livre n'est pas une grammaire, non plus qu'une suite au *Lac Salé*.

Ces Mémoires sont des Mémoires véritables : toutes les pages en furent dictées le soir, au coin de mon feu, tandis que, les yeux clos, je regardais passer mes souvenirs.

J'ai tenté de faire revivre la figure de Louis-Irénée Peluque, mon condisciple et mon ami; j'ai conté simplement les actions auxquelles il se trouva mêlé. Ces actions, que je n'ai point inventées, sont naturellement banales et décousues, comme la vie.

Mais j'ai pu rapporter fidèlement quelques-uns des discours de Louis-Irénée; le lecteur verra comment il répandait sur toutes choses son originalité propre, et avec quelle ingénieuse sagesse il commentait les actes quotidiens.

Quelques jeunes femmes surgiront au cours de ce récit; je les présenterai en temps et lieu; on rencontrera aussi plusieurs jeunes hommes, qui m'ont paru beaucoup plus dignes de considération.

Parmi ceux-ci, je citerai Félix-Antoine Grasset, poète pessimiste, et votre serviteur Jacques Panier, ce mot de serviteur n'étant d'ailleurs qu'une formule vaine. Je ferai tout à l'heure un portrait du premier; pour ce qui est de moi, la modestie me commande de n'en point parler en des termes flatteurs; d'autre part, ma petite idée de mon mérite personnel m'interdit de me dénigrer systématiquement à seule fin de paraître véridique. Je laisse donc au lecteur le soin de deviner mon visage au son de ma voix.

1

LA Plaine Saint-Michel est une grande place de Marseille. Le vent y souffle tiède, les bruits y sont gais, et le soleil y brille plus clair qu'en aucun endroit du monde.

Elle est entourée sur ses quatre faces par une double rangée de platanes. Entre ces deux lignes d'arbres s'allonge une allée de bitume; de distance en distance, des bancs invitent le promeneur.

Cette allée limite une esplanade rectangulaire, peu ombragée par trois réverbères en fonte; un grand bassin tout rond en relève la nudité, comme fait le nombril au milieu du ventre.

La Plaine a ses habitants. Ce sont trois marchandes de journaux, une vendeuse de brioches, deux petits cireurs de bottines et trois déménageurs, qui discutent au pied d'un platane. Il faut ajouter, pendant la saison chaude, un marchand de crème glacée à la désagréable trompette.

Je cite en dernier lieu l'établissement le plus considérable; c'est un très vieux théâtre de marionnettes.

La barrière qui entoure les places est peu élevée; on y voit s'appuyer le menton d'une foule de vieux messieurs qui ont le prétexte de surveiller leurs petits-enfants : mais ils prennent un plaisir extrême quand on entend sonner les torgnoles sur les crânes de papier mâché.

Ce théâtre créa ma première pièce : *Guignol amoureux*. Le cinquième acte en était pathétique. Il me valut l'amitié trouble d'une petite fille de mon âge, qui s'appelait Berthe et mangeait des caramels mous.

Le matin, la Plaine est occupée par un marché aux légumes. Puis, des balayeurs nourris d'apéritifs poussent au ruisseau des verdures flétries. Sur les deux heures, des nourrices y viennent mûrir au soleil.

Ces femmes méga-mammées causent entre elles dans la langue de Silvio Pellico. Elles parlent de leur mari, qui fume sa pipe à Ospedaletta ou à Matta-Buluffo : il se repose de leur avoir donné du lait. Jusqu'au soir, avec des aiguilles brillantes, elles tricotent de longues choses qui traînent par terre.

Cependant, au creux blanc des voitures légères s'endorment des enfantelets; ils sommeillent en faisant de petites grimaces, à cause des mouches qui viennent se poser sur leurs lèvres, comme autrefois les abeilles sur la bouche du divin Platon.

C'est sur la Plaine Saint-Michel que j'ai passé les plus beaux jours de ma jeunesse, en compagnie de Félix-Antoine Grasset, poète pessimiste, et de Louis-Irénée Peluque, que les gamins de la rue appelaient « l'Empereur », tandis que ses condisciples le nommaient couramment « le Philosophe ». Je les retrouvais chaque jour, à quatre heures, sur le banc qui se dresse en face de la rue Saint-Savournin; c'est là que, durant plusieurs saisons, nous avons donné l'exemple d'une querelleuse, mais indéchirable amitié.

2

JE parlerai maintenant de Grasset.

Lorsque je fis sa connaissance, il avait seize ans, et suivait au lycée les cours de seconde B; c'est-à-dire qu'il y avait une place sur le troisième banc à gauche, près de la fenêtre.

Il n'était pas grand pour son âge, mais trapu; sous un nez au bulbe charnu, deux touffes de coton brunâtre; les yeux, assez petits, et logés au fond d'arcades sourcilières en auvent, avaient un regard incertain; son front était immense, sa bouche proéminente, son menton un peu en retrait; mais un teint d'une pâleur nacrée lui faisait une sorte de beauté.

Il montrait un mépris amer pour toute sa personne. Ses souliers ignoraient la gloire éclatante des cirages; son chapeau n'avait point connu le frôlement des brosses légères : Félix-Antoine Grasset était idéaliste, en ce sens qu'il méprisait la matière; il n'en estimait pas davantage l'âme des hommes.

Au fond de ses actes les plus généreux, il aimait à découvrir d'infects mobiles d'intérêt personnel. Il s'analysait avec une sombre précision, et se déclarait

« corrompu jusqu'aux racines de l'âme »; puis il tournait son regard vers ses semblables, et c'est avec une joie farouche qu'il montrait en eux des vices tout pareils aux siens.

Pendant longtemps il avait cru en Dieu, et la beauté de sa foi l'avait consolé des laideurs humaines. Mais un jour, alors que sa mère, au retour du marché, gravissait péniblement les escaliers, la piété filiale le fit descendre au-devant d'elle pour la décharger de ses paquets. Sur un faux pas, il chut en avant; toute la maison trembla de sa longue dégringolade. Il y perdit trois dents intactes, et sa lèvre supérieure, tuméfiée, ressembla, huit jours durant, à cinq sous de « mou ». Cette inexplicable injustice le détourna pour toujours de la Divinité.

Au lycée, nous ne suivions pas les mêmes classes, mais je le rencontrais à l'étude où régnait un silence amical et comme vivant.

Aujourd'hui même, quand je ferme les yeux, je revois les murs blancs, avec la frise raide des casiers; la chaire élevée, où le bon maître épluche des notes; là-bas, au premier rang, le dos rond de Grasset. Il écrit, tandis que les fumivores se balancent sur les becs de gaz sifflotants. De temps à autre, il tourne vers le fond de l'étude sa face blafarde de lune maigre; il ricane sans bruit, à l'adresse d'un camarade; puis il se remet au travail, car il écrit un poème aux strophes amères, distillé goutte à goutte pour la confusion de l'humanité.

Nous n'avions l'un pour l'autre aucune sympathie. Je le trouvais bizarre et théâtral; il me croyait studieux et bégueule. Mais un jour vint où nous fîmes plus ample connaissance, à la suite d'une étrange aventure de Grasset. Je ne fus pas le témoin de cet épisode surprenant. C'est pourquoi j'ai demandé au poète de l'écrire à l'intention de mes lecteurs : tout le chapitre qui suit est de sa main.

3

(Chapitre écrit par Grasset)

UN soir du mois de mai, je montais paisiblement la rue Sénac, sur le trottoir de gauche. Je venais de sortir du lycée, comme à l'ordinaire, et je portais sous mon bras quelques livres. L'air était doux, le crépuscule commençait à peine, et j'étais plongé dans une profonde méditation.

Je songeais que Pituite, le surveillant d'internat, était un homme indigne, qui ne méritait en aucune façon l'honneur de siéger derrière une chaire; il venait d'atteindre au comble du ridicule en me donnant inconsidérément un zéro de conduite. Je me consolais par la pensée qu'il était mortel et qu'il passerait un jour un bien mauvais quart d'heure.

Tout à coup, un individu surgit; ses yeux sont étincelants, sa moustache est mince, son nez tordu; il est maigre et d'une surprenante agilité.

Il ôte son chapeau; il s'incline avec une affectueuse politesse, il dit :

– Monsieur, je vous demande pardon, mais il ne faut accuser que le destin.

Et tout à coup, il m'applique une gifle éclatante. Je ne dirai pas que je vis trente-six chandelles, car je n'eus pas le temps de les compter ; mais il me sembla qu'une explosion de flammes illuminait la soudaine obscurité.

Je laissai tomber mes livres et je maudis le sort qui m'avait mis si mal à propos en présence d'un fou.

J'allais parler ; j'allais protester avec une indignation véhémente... Mais je reçus une nouvelle gifle, et une gerbe de coups de pied martela avec une prodigieuse vitesse le bas de mon dos. Les registres de mon cerveau se brouillaient. Chaque coup de botte me faisait faire un soubresaut ridicule ; le dernier, qui fut magistral, m'envoya dans une pirouette sur un escalier où je tombai assis. J'étais tellement ahuri qu'il me sembla choir sur une balle de coton.

J'ouvris les yeux : devant moi se dressait mon agresseur, un peu essoufflé. Il fit un pas vers moi. Je pensai : « Il va recommencer... »

Mais l'inconnu ôta de nouveau son chapeau et me fit un salut de la tête avec beaucoup de grâce. Puis, d'une voix très douce, il me dit :

– Nul plus que moi, monsieur, ne déplore ce qui vient de se passer.

– Croyez, monsieur, répondis-je avec amertume, que je regrette aussi vivement que vous-même.

Il sourit, et dit :

– Fort bien répondu.

Je songeai :

« C'est un fou, évidemment. Et c'est un fou dangereux. S'il avait une arme... »

Cependant il allumait une cigarette avec un briquet automatique.

Je jetai autour de moi un regard désespéré; il ne passa que deux femmes qui, jugeant par ma situation et mon air égaré, me prirent visiblement pour un ivrogne.

– Me feriez-vous l'honneur, reprit-il, de venir avec moi savourer un bitter-citron?

– Je suis pressé, répondis-je sèchement, et je ne vous connais pas.

Je me levai. L'exaspération l'emporta sur la prudence. Tout en gardant une distance suffisante, je criai :

– Dites donc, espèce de voyou, espèce de brute, êtes-vous ivre? Êtes-vous fou? Que signifie cette ignoble agression? Grand lâche! Saltimbanque! Si vous n'êtes pas fou, je vous promets que vous me paierez au centuple...

Mais il leva les bras au ciel, et, d'un air navré :

– Ah! monsieur, comme je comprends votre colère! Que votre indignation est légitime! Croyez bien que je me mets à votre place et que je suis de tout cœur avec vous. Maudissons ensemble le destin, ce vieillard à la joue évidée, que les Grecs appelaient « ananké ».

Des cloches tintaient dans mes oreilles. Je songeais :

« C'est un rêve absurde. »

Cependant il ramassait mes livres, qui étaient épars sur la chaussée.

– Tiens, dit-il, un Virgile! O cygne de Mantoue!

Et poussant du geste, devant lui, un troupeau imaginaire :

– *Ite domum saturae, venit Hesperus, ite, capelae...*

Puis, montrant de la main un vaste paysage :

– *Sole sub ardenti resonant arbusta cicadis...*

« Monsieur, ajouta-t-il, je me chargerais de faire sangloter l'Académie française tout entière en récitant la deuxième églogue de Virgile. Devant un rideau violet, naturellement.

Il parut méditer sérieusement ce projet, puis il le chassa d'un geste.

– Il est vrai, dit-il, que la plupart de ces messieurs ne connaissent pas le latin, et cela perdrait dans une traduction. Mais pour vous, monsieur, je vois que vous avez des lettres; vous êtes, à ce qu'il semble, un élève du lycée, et peut-être occupez-vous dans votre classe la place cacuminale. Votre figure m'est sympathique, encore que je ne la voie point à votre avantage; jugez donc l'esprit du destin! Qui m'osera soutenir désormais qu'une intelligence divine règle l'économie de l'univers?

« Non, monsieur, tout n'est qu'un immense chaos. J'en étais déjà persuadé; cette aventure vient me fortifier dans ma conviction. Mais suivez-moi, je vous prie.

Il mit sous son bras mes livres et, me saisissant par une manche, il m'entraîna vers la Plaine.

Je me laissai faire, stupéfait, essayant en vain de m'éveiller; et je souhaitais ardemment l'appel de mon réveille-matin.

Chemin faisant j'étudiais mon compagnon. Il me parut âgé de dix-huit ans; il était mince, grand, légèrement voûté; il portait un chapeau de paille jaune et un veston gris extrêmement défraîchi. Son pantalon de toile blanche était d'une si excessive amplitude que ses mollets dansaient à l'intérieur comme un battant dans une cloche. Mais ses souliers me parurent admirables; cuir marron, bouts carrés et surélevés à l'anglaise, la claque décorée de mille piqûres du plus bel effet; les semelles, débordant largement, étaient marquetées d'entailles agréables; quant aux lacets, ils brillaient comme de la soie, et le nœud qu'ils formaient eût embelli la coiffure d'une jeune fille.

Il me tenait toujours par le bras et marchait d'un pas rapide.

Son visage était remarquable. Sous un front très haut, le nez, un peu épaté et tordu vers la gauche, se rabattait par-dessus sa mince moustache chaque fois qu'il souriait; il avait le teint pâle, l'oreille petite, l'œil noir et brillant.

L'éclatante blancheur de son col attestait sa délicatesse; mais sa cravate, réduite aux dimensions d'un lacet de soulier, ne cachait même pas les boutons de sa chemise.

Il me poussa dans un petit bar et me fit asseoir sur la banquette.

– Ganymède, s'écria-t-il, deux bitters!

Ganymède se présenta sous la forme d'un gros homme qui avait tout l'air de s'appeler Marius. Il apporta les deux verres sans mot dire et se retira dans sa tour de zinc.

Je ressaisis mes esprits en buvant cet alcool. L'inconnu vida son verre d'un trait et dit :

– C'est excellent. Ça ronge le marbre. Aussi, je ne bois jamais que ça.

A ce moment ma pensée commença de s'éclaircir, et je vis l'ensemble de l'aventure.

« Ça ronge le marbre! » disait-il. Étaient-ce là des propos d'homme sensé?

Non, sans aucun doute. L'inconnu n'avait point sa raison.

La présence du barman, aux robustes épaules, me rassurait. Cependant, je n'ai jamais été capable de prendre promptement une décision et je me demandais :

« Dois-je appeler au secours? Mais s'il sort tout à coup un poignard, ou un revolver? Avec les fous, on ne sait jamais. C'est même pour ça qu'ils sont fous. Fuir? »

Je considérai ses jambes. Elles étaient bien longues vraiment... Je calculai qu'il me rattraperait en moins de cent mètres. Je résolus donc d'attendre encore quelques minutes, et de prendre ensuite congé de lui comme d'une personne sensée. Si cela ne réussissait pas, je hurlerais, je l'étreindrais de toutes mes forces, et le barman m'aiderait certainement à me défaire de lui. J'attendis l'occasion.

– Monsieur, me dit-il après avoir fait claquer sa

langue, je tiens à vous donner quelques éclaircissements. Ainsi d'ailleurs que la réparation qui vous est due. Avez-vous quelquefois entendu parler de l'Empereur? C'est moi-même, monsieur.

A ce préambule, mes doutes furent éclaircis. Il se croyait empereur! Je pris un air d'admiration, crainte de le fâcher.

– J'ai de nombreux sujets, sans compter ceux d'inquiétude. On me nomme aussi le Philosophe. J'en suis doublement honoré : depuis Marc Aurèle, nul n'avait associé ces deux titres. Les grandeurs ne m'ont point rendu dédaigneux : il me plairait fort de pousser plus avant notre amitié. Mais une formalité s'impose.

Il se leva et étira son cou autant qu'il était possible. Puis il s'approcha de moi et dit :

– Auriez-vous l'obligeance de me donner une gifle?

Je fus un peu interloqué. Mais il me regarda fixement et reprit :

– Pourquoi me faire de la peine?

Je lui donnai donc sa gifle. Elle claqua joyeusement. Le barman, intrigué, regardait ce manège.

– Encore une, je vous prie, dit le fou. Mais plus violente que celle-ci, qui ne m'a point satisfait.

Il me tendit l'autre joue. Le souvenir des coups que j'avais reçus poussa mon bras : sa figure fit un demi-tour à droite. Il y porta vivement la main, et dit :

– Celle-ci était calibrée. Mais qu'importe. Serez-vous assez bon pour me rendre les coups de pied au derrière que je vous ai donnés?

Mon rêve me parut par trop ridicule, et je ne pris point sa demande en considération.

– Monsieur, reprit-il, je ne voudrais pas que vous me prissiez pour un de ces paltoquets qui, parfois, exigent la restitution de leurs présents. Vous en avez un exemple par le cas de Pontius Fabellus, personnage consulaire des derniers temps de la République; ce Fabellus fit un procès à une courtisane pour se faire rendre un collier donné aux temps de leurs amours. Certes, il ne s'agit pas d'un collier, et je me plais à reconnaître que vous n'avez pas les apparences d'une courtisane; mais je suis forcé de vous faire remarquer que ces coups de pied m'appartiennent de droit.

Ce fou était jovial; et, le bitter aidant, je ne pus m'empêcher de rire. Comme il insistait, je me levai, et il reçut les coups de pied de fort bonne grâce.

Hippolyte, le barman, riait de tout son cœur; il se toucha le front avec un doigt, pour me donner à entendre que mon individu n'était point normal.

Au dernier coup, le fou se rassit.

– Savez-vous ce que vous avez fait? me demanda-t-il. Vous venez d'appliquer l'antique loi du talion, telle qu'on la trouve dans le Pentateuque, qui est l'un des livres sacrés des Juifs. Nous sommes donc quittes. Il ne me reste plus qu'à vous donner des explications qui me paraissent nécessaires. Hippolyte, deux bitters!

Je ne refusai point.

Je n'ai pas l'habitude des boissons fortes et ce liquide m'avait assez rudement frôlé les muqueuses. Mais j'avais trouvé cette petite douleur fort agréable, et je sentais courir dans toute mon économie une assez vive chaleur. Je bus le troisième verre avec un enthousiasme crapuleux qui m'étonna.

Et, tout à coup, la salle me parut plus gaie. Je regardai la pendule : elle marquait huit heures moins un quart. Un tel regard me promettait une réception pénible de la part d'un père aux larges mains; pourtant je ne songeai point à partir. Mon compagnon souriait bizarrement : je le trouvai plus original que fou; toute l'histoire devint à mes yeux une excellente plaisanterie.

– D'abord, monsieur, dit-il en mettant ses coudes sur la table, vous ne voyez pas d'inconvénient à ce que je te tutoie?

– Aucun.

– Bien. Mais il faut que ce soit réciproque, dit-il avec feu. Il le faut. Entendez-vous? Comprends-tu? Il faut simplifier l'inégalité de la haine pour en faire l'équation de l'amitié.

Je sentis que ma face s'élargissait en un sourire stupide qu'elle ne quitta plus.

– Je t'apprendrai, me dit-il, que je me nomme, sur les registres de l'état civil, Louis-Irénée Peluque : avoue que ça ne sonne pas trop mal.

« Figure-toi que je rencontre un jour, à l'endroit même où nous avons fait connaissance, une délicieuse petite servante : brune, chaste, toulousaine, et désirable. Juge de ma stupeur : elle n'était pas sur mon catalogue!

A ces mots, il tira de sa poche un long carnet qui paraissait très fatigué.

– Je note là-dessus, reprit-il d'un ton de confidence, toutes les belles qui me touchent la fibre. A côté de leur nom, je calligraphie leur adresse, leurs particularités et les rues où j'ai le plus de chances de les rencontrer. J'inscris ensuite les progrès de l'intrigue, les heures de rendez-vous et le faux nom sous lequel je me suis présenté; il faut en tenir une comptabilité minutieuse... Puis, quand mon triomphe est accompli, je mets en face du nom une croix qui symbolise ma victoire, et quelques mots qui sont, pour ainsi dire, l'épitaphe de cet amour. Tu me suis?

– Parfaitement, dis-je, toujours souriant.

– Je l'inscrivis donc sans délai et je commençai la campagne. Garçon, deux bitters!

« L'affaire m'avait paru difficile au premier abord, elle le fut terriblement. L'adorable servante avait un cœur des plus escarpés. Malgré ma stratégie, mes efforts, mon expérience; malgré mon hypocrisie aux promesses nombreuses; malgré deux cravates neuves, malgré ces souliers qui font l'admiration des foules, malgré trois sonnets, sécrétés à grand-peine, mon entreprise ne fit aucun progrès.

« La vierge ancillaire refusait même de m'écouter. Mes paroles s'envolaient vainement dans la brise négligente. Brune et potelée, avec le ragoût d'un air innocent, elle enveloppait son cœur d'une triple cuirasse d'airain : ceci n'est d'ailleurs qu'une métaphore, car elle ne portait même pas de corset.

« Chaque matin, je l'attendais à cette même place; elle arrivait, portant un délicieux filet à provisions. Tout de suite je l'environnais d'un flot d'ardentes paroles. Je créais autour d'elle une atmosphère surchauffée... Hélas! Elle fuyait insensible, et ces vapeurs de tendresse se condensaient en larmes brûlantes qui roulaient au long de mes joues... Je ne riais plus, je ne chantais plus, je ne mangeais plus, je ne parlais plus, je ne rêvais plus, je ne dormais plus, je ne vivais plus. J'étais amoureux à crever. Tu me suis?

– Fort bien, dis-je, intéressé.

– Encore un mois de ce régime, et les enfers m'ouvraient leur porte. Je dépérissais. Insensiblement, mon nombril se rapprochait de ma colonne vertébrale : il avait pris, sur mon ventre parcheminé, un relief qui m'épouvantait.

« A ce moment, un ami me conseilla de faire un vœu. Oui, monsieur, un vœu; ça paraît idiot, n'est-ce pas? Écoutez-moi, monsieur. Je vous affirme... (je te demande pardon de te dire vous, ça m'a échappé) je t'affirme que tout homme garde au fond de lui-même de vives croyances au surnaturel. Combien de gens, pères de famille et raisonnables, disent en sortant : « Je prends mon parapluie; comme ça, il ne pleuvra pas. » Combien d'hommes, dans le secret de leur cœur, font d'invraisemblables engagements avec le diable ou les saints? Pour moi, j'invoquais le seigneur. D'un cœur fervent, je lui adressai cette humble prière : « Père céleste, Jéhovah, Jupiter, Zeus, Mahom, Tervagant, Bouddha, Vichnou (je te demande pardon si j'oublie un de tes noms), Dieu, enfin, toi qui donnes aux petits oiseaux leur répugnante pâture, accorde au triste Peluque la proie qu'il ne dévorera point. En revanche, malgré mon tempérament pacifique, je fais le vœu d'attaquer sauvagement le premier individu qui foulera le trottoir béni où je la vis pour la première fois. A condition toutefois qu'il me paraisse d'une force inférieure à la mienne. Seigneur, que ton nom soit loué dans les siècles des siècles et que ta volonté soit faite sur la Plaine comme ailleurs! »

« Dès le lendemain, mon cher ami, je triomphai. Jetons un voile sur ces désordres, et ne soyons pas indiscrets. Je te dirai seulement qu'elle s'appelle Marie Pierrot, et que c'est la bonne du confiseur du coin.

« Mais il fallut remplir ma promesse.

« Ce soir donc, je me rendis d'un pas léger au coin de la rue Sénac et de la rue de la Bibliothèque. Vous apparûtes, vous vous approchâtes et vous reçûtes ce que vous savez. Mais n'accusez que le destin qui a voulu que ce fût toi et non pas un autre. Maintenant, tu sais l'histoire. Refuseras-tu de serrer cette main? C'est celle d'un honnête homme.

L'alcool aidant, je lui pardonnai ses coups en songeant que je les avais rendus. Après un autre verre de bitter, il se mit à pleurer de regret, tandis qu'à ma grande surprise je riais aux éclats.

Il m'apprit ensuite qu'il était externe libre au lycée.

Il y suivait les mêmes cours que Jacques Panier, qu'il appelait « Divin ».

Pour me prouver son estime, il me lut à haute voix tout son catalogue. Puis il m'offrit un bilboquet de poche : la boule de buis dont se servait sa mère pour remailler les bas en avait fourni la meilleure part. Enfin, il tira de sa poche un ocarina verni, et joua en mon honneur *Home, sweet home*. Il allait aborder l'ouverture de *La Flûte enchantée* quand le barman nous conseilla de partir; ce que nous fîmes.

Il m'accompagna jusque chez moi et, sur la porte, nous jurâmes de rester unis d'une éternelle amitié. Nous avons, sans trop nous efforcer, respecté ce serment jusqu'à ce jour.

Louis-Irénée m'apprit à mieux connaître Jacques Panier, qui était comme un autre lui-même. Je m'étais mépris sur le compte de ce grand esprit, jusqu'à le croire digne du prix d'excellence, je fus tôt détrompé.

En une seule semaine se noua notre triple amitié; seule, la mort, comme un autre Alexandre, pourra trancher ce nœud divinement gordien.

4

ICI, je reprends la plume.

Cette année-là, j'étais avec Peluque en philosophie. Il y brillait d'un éclat particulier, mais discontinu, à cause de nombreuses absences. Notre bon maître estimait beaucoup cette intelligence saugrenue, et il témoignait à Peluque une amitié spéciale. Cette préférence, qu'il ne cachait point, scandalisait la race envieuse des bons élèves.

Un jeudi, sur les dix heures du matin, nous étions assis en face l'un de l'autre dans un tout petit café de la Plaine. Nos coudes reposaient sur une table au marbre onctueux; Peluque fumait sa pipe odorante; Hippolyte à son comptoir, de ses doigts étranglés par des bagues d'aluminium, rinçait des verres dans une eau grise.

C'était jour de marché.

A travers les glaces de la devanture, je regardais les petits ânes gris, alignés le long du trottoir. Ils étaient attelés à d'invraisemblables charretons. Ils remuaient leurs grandes oreilles en attendant le retour de leurs maîtres.

Tout autour de la place s'élevaient mille tentes en forme de parapluies. Les revendeuses, sur leurs chaises, trônaient. L'une querellait une cliente parcimonieuse et l'accusait d'avoir mis tout son argent à la plume de son chapeau. D'autres, immobiles, songeaient : elles faisaient sans doute la révision de tout l'immense vocabulaire ordurier dont elles pouvaient avoir besoin d'un moment à l'autre.

Peluque fit un gracieux sourire. Je me retournai et je vis une petite jeune fille de seize ans. Elle portait sous son bras un cartable et nous dit bonjour de la main.

– C'est ma cousine, m'expliqua-t-il; puis, avec un douloureux soupir, il ajouta : La malheureuse! Ah! la malheureuse!

– Qu'a-t-elle fait? demandai-je surpris. Aurait-elle déshonoré ta famille?

– Pis que cela, s'écria-t-il, car elle n'en souffrirait pas personnellement, ni physiquement. Mais elle va passer son brevet élémentaire... As-tu vu cette démarche incertaine? Ces yeux caves? Ce regard? Ce sourire blafard? Pauvre fille! Et sais-tu qui l'a mise dans cet état? C'est le bassin.

– Quel bassin? demandai-je, surpris.

– C'est le bassin que remplissent trois robinets, reprit-il avec une rage frémissante. Le premier robinet débite deux mètres cubes à l'heure : il coule trente-deux minutes. Lè deuxième donne trois litres et vingt-sept centilitres à la minute, et coule pendant quatre heures. Le troisième coule pendant huit heures et douze secondes, et son débit est les deux septièmes du débit du premier. On t'affirme que le bassin, qui a un mètre de large sur un mètre trente-cinq de long, a été creusé par un terrassier qui extrayait trois cents décimètres cubes à l'heure; il se reposait cinq minutes toutes les heures; il a travaillé cinq journées de huit heures. Sais-tu à quelle hauteur arrive l'eau de ce bassin? Le sais-tu? Non, tu ne le sais pas, et tu ne le sauras jamais. Eh bien, elle le sait, et c'est ce qui la tue.

Sa voix devint dure et sarcastique.

– Et s'il n'y avait que le bassin! Mais la paysanne qui porte ses œufs au marché? Et le bucolique problème du berger qui vend la laine de ses moutons avec des fractions navrantes? C'est à ces travaux que cette petite a perdu sa jeunesse, à ces inepties compliquées... Ajoutons les propositions incidentes, « Pierre qui roule n'amasse pas mousse » (commenter et discuter), les sous-préfectures, Louis le Hutin et Clodion le Chevelu... O faillite des civilisations! O christianisme!

« Il y a deux mille ans, à Sparte, elle eût suivi la chasse des jeunes hommes sur le Taygète chevelu; à peine vêtue d'une étoffe ample et légère, elle eût mené sur l'or des grèves le chœur divin des vierges dansantes... Les soleils du Péloponnèse auraient mûri sa jeune chair... Et le soir, près de l'Eurotas, toute blanche dans le crépuscule, elle eût cueilli les lauriers-roses en regardant passer les cygnes...

Le timbre de sa voix devint grave et lointain.

– Où sont-elles, les Canéphores, qui portaient aux Panathénées les corbeilles de jonc tressé? Et Nausicaa, svelte et souple, qui lavait le linge de ses frères dans l'eau pesante des ruisseaux et jouait à la balle avec ses compagnes, sur le bord de la mer brillante? Nausicaa, où sont tes épaules, la ligne heureuse de ton cou, tes beaux seins de neige élastique et ton pied rose et délicat?

« Tu te présentes au brevet élémentaire, la poitrine en creux, les pieds en dedans. Tes yeux sont luisants d'insomnie et de fièvre, tes bras sont maigres, tes coudes pointus... Tes mollets sont pareils à des tuyaux de poêle, et tu as peut-être déjà de l'obscurité au sommet gauche!

« O civilisation! Science! Christianisme!

« Nous souffrons d'une effroyable hypertrophie de l'âme... Cette âme, cette pauvre petite lueur qui ne devait servir qu'à nous guider dans les actes quotidiens, a jailli soudain comme une flamme; l'intelligence, cet organe, a grandi comme une gigantesque tumeur; l'individu n'en meurt pas, mais elle dévore la race, et la race en mourra!

« Quoi? Que vas-tu dire? Que l'intelligence nous a donné de nouveaux plaisirs? Qu'elle a créé l'art et la poésie? Mais le corps! Le corps! La beauté des formes, l'allégresse des jeunes courbes, l'harmonie facile des mouvements! O Panier, il y avait plus d'art et de poésie dans la cheville d'une vierge que sous le crâne enflé de Sully Prudhomme!

– Mais, lui dis-je, le bassin n'est pas responsable de tout cela! Il n'en est que le résultat! Pour tes regrets, je les approuve et je les partage. Car, moi aussi, j'ai fait ces problèmes; et moi aussi, j'ai tapissé cette chambre dont toutes les dimensions contenaient des décimètres, à croire que les maçons l'avaient fait exprès. Et les rouleaux de papier avaient 2,75 m de long sur 0,512 m de large et 3 millimètres d'épaisseur. Leur densité était de 0,876 et ils coûtaient six francs le kilo. Et il fallait tenir compte du soubassement et de la frise, et des chevauchements du papier!

– Quoi! dit Peluque, as-tu réussi quelquefois à démêler cette intrigue?

– Pas toujours, lui dis-je, car il m'arrivait de tapisser les fenêtres et quelque peu le plafond...

Il me secoua la main fougueusement.

– Les dieux soient loués! s'écria-t-il. Il n'y a qu'un poète pour commettre d'aussi splendides erreurs. Va, Panier, ô semblable aux dieux! Continue toute ta vie à tapisser les fenêtres. Tapisse la fenêtre du doute, le soupirail de la médisance, la lucarne de la bêtise, l'œil-de-bœuf des religions! Mais ne tapisse jamais le ciel ouvert de la poésie, car il ne laisse voir que les rêves bleus où se bercent les nuages, et le vaste soleil où sont assis les dieux!

Il but un grand trait de bitter.

– Toutefois, dis-je pour en revenir à notre propos, on ne saurait nier la nécessité de l'instruction.

Il leva les bras au ciel.

– Et tu passes pour intelligent! s'exclama-t-il. A quoi sert aujourd'hui la science? A mourir de faim. Cette vérité ne se discute même plus!

Il songea un instant.

– Aussi bien, dit-il, j'assiste avec joie à la naissance d'une mentalité nouvelle. L'idéalisme, le féroce idéalisme se meurt. Les évêques ont des salles de bains et ils pratiquent la gymnastique suédoise par crainte de l'acide urique. Ils ne savent peut-être pas ce qu'ils font; mais, soignant ainsi leur corps, ils proclament l'irrémédiable faillite de l'esprit chrétien. Allons, mon vieux! (il frappa violemment sur la table) nous sommes nés trop tôt. Dans cinquante ans, on rira de tous ces livres. Les jeunes hommes n'iront aux écoles qu'entre quinze et vingt ans, ils en sortiront tout aussi savants que nous-mêmes, mais plus beaux infiniment. Leur épine dorsale ne tracera plus, sur un dos jaunâtre, ce zigzag à quoi l'on reconnaît les bons élèves.

– Tu me parais un peu énervé! dis-je.

– Ah! s'écria-t-il, je ne veux plus vivre que pour la passion. Foin des plaisirs de l'esprit! Alfred de Vigny (il salua) a dit quelque part que la vie est un cachot, et qu'il en faut tresser la paille humide pour passer le temps jusqu'à la mort. Erreur! Erreur! La vie est une prison mixte! Pourquoi fabriquer de vaines sparteries? Pratiquons, avec nos codétenues, les jeux divins de l'amour et du hasard.

Hippolyte cligna de l'œil gaillardement.

Le philosophe bourra sa pipe avec lenteur; puis il me demanda :

– Veux-tu une pipe?

– Je n'ai pas de pipe, répondis-je, car j'entends que tu m'offres une pipée de tabac, prenant le contenant par le contenu.

– A Dieu ne plaise! s'écria-t-il. Je t'offre une pipe

en racine de bruyère, à virole d'argent, à bouquin d'ambre. Je reconnais à la vérité qu'elle est usagée, mais ce qui est un défaut chez une brosse à dents devient une qualité chez une pipe.

Il tira de sa poche cet admirable objet.

– Je l'avais déjà donnée à Bécard, dit-il avec une certaine mélancolie; il me l'a rapportée deux jours après, sous le prétexte que sa mère n'en supportait point l'odeur : *odorem aegre ferebat.* Je l'ai offerte alors à Ducros. Il me l'a rendue prétendant qu'elle était juteuse et gargouillait horriblement. Mais c'est une calomnie, et je suis sûr que son inexpérience baveuse crachait dans le tuyau. La veux-tu?

– Pouah!

– Quoi? s'écria-t-il. Toi aussi? Toi aussi, tu recules avec une sorte de crainte devant celui qui t'apporte un présent?

« *Timeo Pelucum, et dona ferentem!*

« Pourtant, ajouta-t-il en la considérant longuement, cette pipe a une noble origine : elle appartenait au beau-père.

– Quel beau-père? demandai-je surpris.

– A mon beau-père, ou, si tu préfères, à mon futur beau-père.

– Ceci est nouveau! m'écriai-je.

– Ceci n'est point nouveau, répliqua-t-il. Tout au contraire, cet usage remonte à la plus haute antiquité. Il y a toujours eu des beaux-pères, depuis six mille ans qu'il y a des hommes, et qui se marient.

– Tu ne m'avais pas dit que tu te mariais!

– Je te le dis, répliqua-t-il en tirant de sa poche

une vessie de porc à demi pleine de tabac. Je te le dis.

Je vis qu'il ne voulait pas s'expliquer. Mais ma curiosité était piquée, et j'insistai.

– Comment se nomme la jeune personne que tu as choisie?

– Choisie! s'écria Peluque. Tu me fais beaucoup d'honneur. Évite avec soin l'erreur commune. En amour, on ne choisit pas. Les terribles découvertes de Schopenhauer, touchant la métaphysique de l'instinct, l'ont horriblement démontré. Irrésistiblement, deux êtres sont poussés l'un vers l'autre. Parfois, cela tombe bien, et la vie copie M. Henry Bordeaux.

« D'autres fois, il y a mille obstacles. Alors on signale le cas à M. Saint-Georges de Bouhélier qui en fait une tragédie.

– Comment se nomme-t-elle?

– Lucie! O nom délicieux! (Il lança un jet de fumée vers le plafond.) On va nous fiancer officiellement.

– Comment? Mais tu n'as aucune situation.

– Elle a trois cent mille francs de dot!

J'éclatai de rire.

– Ne te moque pas de moi, Louis-Irénée!

– Je te donne ma parole d'honneur que je vais être officiellement fiancé à Lucie Ledru, et que son père m'a promis trois cent mille francs de dot.

Je fus ahuri. Car il faut vous dire que jamais Peluque n'a menti brutalement. Certes il est souvent difficile, au milieu de ses hyperboles, de discerner la vérité. Elle se déforme étrangement pour qui la voit à travers ce tempérament tumultueux. Mais quant à mentir, c'est-à-dire à créer ou à supprimer un fait dans le passé, Peluque ne l'a jamais fait.

Je le crus donc. Et après quelques secondes, que je consacrai à l'examen de cette invraisemblable révélation, je dis :

– Peluque, ta fiancée est estropiée, ou chauve, ou aveugle.

– Panier, ma fiancée est ingambe, chevelue, et plutôt presbyte.

– Alors, elle est idiote de naissance, ou mère d'un enfant naturel.

– Panier, elle est d'une intelligence nuancée, et d'une candeur innocente. A dix-sept ans, elle croit encore à la fable du chou!

– Mais alors, dis-je, comment expliquer ce mariage? Cet homme n'est pourtant pas venu te dire : « Monsieur vous êtes roturier, vous n'avez point d'argent, vous poursuivez encore le baccalauréat, vous possédez l'estime des seuls cochers de fiacre qui vous tutoient. Je vous offre ma fille, et quinze kilos d'or monnayé. »

– Oh! oh! s'écria le philosophe, comme tu y vas! On voit bien que tu n'as pas le sens des réalités! Non, ça ne s'est point passé comme tu dis.

Il tira plusieurs bouffées de sa pipe crépitante.

– Un après-midi, vers deux heures moins un quart, je descendais la rue de la Bibliothèque pour aller au lycée. Mais je fus pris tout à coup d'une immense aversion pour la cosmographie dont le petit père Ferdy nous dégoûte deux heures par semaine. Je songeai que j'allais le voir, la craie en main, nous parler de la lune comme s'il y passait les vacances, et prononcer avec l'accent de l'Aveyron les noms divins d'Altaïr et de Bételgeuse... Je me réfugiai donc dans un cinéma.

« A peine installé dans mon fauteuil à bascule j'entrevis auprès de moi un petit chapeau cloche en paille légère. Tout en regardant un film idiot, je me penchai vers la belle enfant. Mon épaule effleura la sienne. Elle se déroba. Mon coude toucha le sien : nouveau retrait. Cette lutte silencieusement délicate dura longtemps. Toutefois, il me sembla que l'adversaire ne mettait point de méchanceté dans sa défense.

« Soudain, les deux héros de l'écran, dans un décor de clair de lune, se baisèrent humidement la bouche. Le violon solo attaqua au même instant une valse alanguie, aux descentes et aux remontées subites; ça vous fichait ce coup dans le ventre qui a fait la fortune des montagnes russes. Le violoneux, très excité, insistait sur des *vibrati* positivement lascifs. Sa collaboration gratuite acheva ma victoire. A la cinquième mesure, la main de ma voisine resta dans la mienne. Je me levai, prêt à partir.

– Pourquoi donc?

– Le plus intéressant était fait... Mais à cet instant, la lumière fut. Je la vis, entends-tu? Je la vis!

Il prit un air solennel.

– Je ne suis pas parti! C'est pour toujours, c'est pour jamais!

– Je remarque, dis-je, que tu m'annonces tous les quinze jours des amours éternelles.

– Tu n'es que le dernier des imbéciles, hurla-t-il, si tu ne vois pas que cette fois-ci ça n'a rien de commun avec les autres fois!

– Et la suite de l'intrigue?

– J'ai glissé un rendez-vous à Lucie... Nous nous sommes revus dans la rue, banalement, comme si la rue était digne... Pouah! Mais nécessité fait loi.

« Au bout de huit jours, elle mit dans notre confidence une vieille fille qui lui montre à jouer du piano. Tu sais combien les vieilles filles sont parfois immorales, d'une immoralité pour ainsi dire irréelle, et qu'elles ne satisfont point sur leur personne mais en favorisant les jeunes amours... Celle-ci nous protégea et mentit effrontément à la mère de Lucie : car elle me présenta à cette femme comme l'un de ses plus brillants élèves... Je fus invité chez la bien-aimée... Je m'ouvris à la mère des sentiments qui me consumaient; dans huit jours on va nous fiancer.

Il ralluma sa pipe avec un sourire de triomphe.

– Peluque, dis-je, j'admets la véracité de ces faits. Mais je parierais cent francs contre un sou que tu as raconté quelque blague à ces gens.

Le philosophe secoua la tête.

– Tu gagnerais le sou, répondit-il, oui, tu gagnerais le sou.

Je me mis à rire.

– Ne ris pas ainsi, petit malheureux! Cesse tes grimaces navrantes et ce rictus d'aliéné! Oui, j'ai dit au beau-père un petit mensonge. Mais j'y étais forcé!

Il vida sa pipe en la frappant sur son talon.

– Je lui ai dit que j'étais chimiste.

Mon rire reprit de plus belle.

– Mais que signifient ces ricanements? s'écria-t-il avec colère. Écoute-moi! Lucie me présente à son père : « M. Peluque, chimiste distingué. » Je te jure que je ne lui avais rien dit de semblable. Mais elle me croyait chimiste, voilà le fait.

– Tu n'avais qu'à tourner une phrase sur la philosophie, qui est la chimie de l'âme, ou le creuset de l'introspection. Tu aurais mis au point, sans la froisser.

– Je ne l'ai pas fait. D'abord, ce titre de chimiste me plaisait parce qu'il ne m'appartenait pas; tu sais que j'aime essayer les chapeaux des autres. Et puis, le beau-père me répond : « Chimiste? Très bien! Obus, poudre, cartouches, science, utilité, avenir! J'avais craint que vous ne fussiez un poète, un mangeur de verbes, morale, philosophie et tout le bazar. Mes félicitations, jeune homme! » Je ne pouvais plus reculer!

– Que fait-il dans la vie, ton beau-père?

– Capitaine, pour se distraire, bien entendu. Il laisse sa solde à la caisse de retraite des officiers; car tu penses bien qu'avec la fortune qu'il a... Et il est très délicat; il ne me l'a pas dit; je l'ai compris à demi-mot.

– Et tu lui as affirmé que tu gagnais de l'argent?

– Je lui ai dit que j'allais me présenter en juillet à la troisième partie de ma licence de chimie. On nous mariera quand je serai reçu.

– On ne vous mariera donc jamais.

Il eut un sourire malicieux.

– Connais-tu mon cousin Henri Peluque, de Tarascon, qui habite ici, tout seul, pour se présenter à ladite licence de chimie? Il a les deux premières parties. Quand il sera reçu à la troisième, je montrerai les résultats au beau-père charmé, et on nous mariera.

– Mais après? Tu seras bien obligé de dire que tu n'es pas même bachelier et que tu ignores jusqu'à la formule de l'alcool, dont tu es d'ailleurs saturé!

– C_6 H_5 OH, dit-il gravement. Après, j'aurai la fille et l'argent. J'avouerai froidement au beau-père que je suis philosophe et, avec le caractère que je lui connais, j'aurai une belle occasion de le prouver!

– Il y a un grand danger. Si ton cousin échoue à sa licence? C'est un garçon très intelligent, mais qui court le guilledou et ne travaille guère!

– Plus maintenant! dit Peluque en clignant de l'œil.

– Quoi? son père serait-il ici?

– Presque, car je le surveille, ce cousin bien-aimé! A la moindre incartade, j'écris chez lui.

Je fus indigné.

– Et quelle opinion veux-tu que l'on ait de toi en te voyant faire ce métier d'espion?

– On ne sait pas que c'est moi!

– Quoi! tu écris des lettres anonymes?

– Oh! fit-il d'un air de reproche. Mes lettres ne sont pas anonymes! Je signe : « Tom Barclay, caporal à l'Armée du Salut. » Et d'ailleurs, c'est pour son bien. Quand il sera reçu, je lui avouerai tout. Alors, il me dira : « Louis-Irénée, tu m'as sauvé. » Et il lubrifiera de larmes reconnaissantes la charnière de mes genoux.

J'étais stupéfait de ce plan si naïvement baroque.

– Peluque, dis-je, abandonne au plus vite ces chimères compliquées! Ton subterfuge est grotesque. Il ne saurait abuser cet homme plus de huit jours!

– Voilà cinq semaines que ça dure! me répondit-il; et la candeur du capitaine dépasse celle de Chloé.

– Écoute-moi, mon ami. Je te jure que ta combinaison est extravagante. Penses-tu qu'un bourgeois donne sa fille à quelqu'un qu'il ne connaît pas? Penses-tu que ce capitaine n'obtiendra pas de renseignements sur toi? Il faudra que tu lui présentes ta mère! Cette femme simple me paraît incapable de soutenir une fable aussi compliquée! Admettons cependant, quoique cette hypothèse choque le sens commun, que tu parviennes à tes fins. Il reste une insurmontable difficulté. Tu n'es pas fait pour le mariage. Ne proteste point; écoute-moi!

« Tu te maries sans avoir de situation. Pour les trois cent mille francs, en admettant leur existence, ils seront volatilisés en un clin d'œil. Tu te trouveras alors dans la misère, entre une femme navrée et un beau-père furieux. L'aimes-tu seulement, cette femme?

– Que la foudre m'écrase! s'écria-t-il. Que le tonnerre disperse mes membres aux quatre coins de l'univers! Oui, je l'aime! Et mon caractère est entièrement changé! O Panier, tu m'as vu jusqu'ici sous un jour qui ne m'était point favorable. Tu m'as vu, entre les quatre murs d'un lycée, obtenir régulièrement des places honteuses aux compositions d'histoire et de géographie. Tu as entendu M. le censeur proclamer, à la face de tous, ces piteux résultats et enfoncer des reproches acérés dans la chair douillette de mon amour-propre... Tu m'as vu boire, ici même, des bitters innombrables et dont la somme suffirait à remplir le bassin dont nous parlions tout à l'heure (entre parenthèses, ça ferait un bien joli problème). O Panier, je regrette ces erreurs qui furent celles d'une jeunesse agitée... La passion m'a soudainement mûri...

Hippolyte écoutait cette tirade, les poings aux hanches, le ventre en avant.

– Dès aujourd'hui, et comme on jette un vieux vêtement, je veux abandonner cette vie de désordre. Je ne mettrai plus les pieds dans cette taverne, sous les tables de laquelle sont blottis en embuscade la cirrhose atrophique du foie et le délirium tremens! (Ici, Hippolyte jeta un coup d'œil inquiet sous les tables.) Les vois-tu? reprit-il, désignant d'un index tendu les monstres imaginaires. Voici le gâtisme, dans son fauteuil à roulettes, la lèvre pendante, l'œil trouble, muni d'une petite trompette et d'un sucre d'orge dont il poisse sa barbe grise... Là-bas, voilà la cuite pesante aux yeux bouffis, qui s'éveille et qui tente de vider un verre d'eau pure dans sa bouche d'amadou... Elle cherche ses chaussettes et ne les trouve point, puisqu'elle les a jetées hier au soir sur l'armoire à glace... Elle passe une main tremblante dans ses cheveux douloureux... Arrière, monstre! *Vade retro*!

– Pôvre! dit Hippolyte, à force de faire l'imbécile, tu deviendras fada!

Mais Peluque ne parut point l'entendre.

– Eh bien! reprit-il avec force, c'est fini, cette vie! Adieu, jeunesse, nourrices, bitters! Je serai sobre comme le chameau du désert; je bâtirai un foyer, je serai noblement prolifique. Je n'ai jamais aimé personne qu'elle, je n'aimerai jamais qu'elle. Et sur ma tombe, vénérée des familles, on lira ce demi-vers de Properce : « *Homo fuit unius amoris!* » Il fut l'homme d'un seul amour. Ah! Panier, ajouta-t-il avec une émotion joyeuse, tu ne sais pas la douceur qu'il y a à se dire : elle ne vit que pour moi, je ne vis que pour elle!

A ce moment le facteur entra.

Peluque le suivit des yeux avec un intérêt soudain :

– Louis-Irénée Peluque! s'écria ce fonctionnaire.

Et il lui tendit une petite lettre rose.

– C'est de Pomponnette! s'écria le philosophe.

Et il brisa le cachet adroitement.

Il parcourut cette lettre et me regarda d'un air un peu gêné.

– Qui est cette Pomponnette? demandai-je d'un air indifférent.

Peluque se mit à siffloter. Puis, brusquement, il me tendit la lettre suivante, que je lus avec stupeur :

« Cher petit Ponpon,

Petit apache atand ce soir petit fripon. Ponponète atand ponpon avec beaucoup d'inpatians. Ponponète a des biets de cinéma gratui, pour aller au fauteuil gratui, sans péié. Cet un ami qui lui a donné ces biets gratui. Ponponète atand Ponpon. Ne fès pas attention s'il y a des fotes, pasque je ne suis pas filosof comme toi, et je ne sais guerre l'ortograf, et je ne suis pas proféseur. Ponponète embrase le petit fripon et l'atand avec impatians, pasqu'elle a des biets de cinéma gratui, sans péié. Sans fote à huit heure.

Le Petit Apache. »

Ayant déchiffré ce grimoire, je levai les yeux vers le *filosof*.

– Pas banale, hein? me dit-il en souriant.

– Cette fille, dis-je, semble avoir été vivement frappée par le fait que ces billets sont gratuits, si j'en juge par ces répétitions fréquentes.

– Vois-tu là, me demanda Peluque, un procédé de rhétorique spontané?

– J'y vois, répondis-je d'un air grave, que l'auteur de cette lettre, considérant cette gratuité comme un miracle, nous révèle par là même la faiblesse de ses ressources. Cette fille n'est donc pas ta fiancée, qui, d'ailleurs, s'appelle Lucie.

– Ma foi, dit le philosophe un peu décontenancé,

c'est une petite couturière de la rue Marengo, que j'ai rencontrée au cinéma. Elle m'adore...

– Naturellement, dis-je, tu lui as promis de l'épouser à bref délai?

– Mon Dieu... dit-il, tu sais bien que... Cependant il se peut, en effet, que je lui aie parlé d'allumer les flambeaux de l'hymen... Mais, pour moi, je n'y attachai pas une importance excessive...

– Elle y en attachait certainement, dis-je, étant donné surtout que tu as dû lui faire un étincelant tableau de tes richesses...

Peluque, tout en tirant énergiquement sur sa pipe, faisait de violents gestes de dénégation.

– Ne lui as-tu pas raconté, repris-je, que tu es archi-millionnaire, mais qu'un crime d'amour ou des complots anarchistes te forcent de te promener sous le déguisement de ce lamentable coutil?

– Panier, dit le philosophe, tu me blesses cruellement. Non, je n'ai point menti à cette fille. Elle sait la vérité sur moi jusqu'en ses moindres détails, si j'en excepte toutefois mon adresse, que j'ai négligé de lui donner. Je lui ai même dit que j'allais me marier. Je dois reconnaître qu'elle a cru que ce serait avec elle; mais, pour moi, je n'ai point menti.

– Louis-Irénée, dis-je, écoute-moi une minute. J'ai à te dire ceci : cesse de me faire le confident de ces navrantes intrigues, car je commence à n'y plus rien comprendre. Quoi! Tu parles de faire un riche mariage, et ce projet est déjà, en lui-même, d'une fragilité qui m'effraie; en outre, au moment même où tu m'assures de ton repentir, où tu te glorifies de ta métamorphose, tu reçois une lettre qui me révèle une deuxième intrigue. Peluque, au nom du ciel...

– Ne me parle pas du ciel, dit-il d'un ton catégorique. Il est constitué par un mélange d'azote, d'oxygène et de vapeur d'eau, tout simplement.

– En tout cas, ne me mêle pas à ces histoires. Je ne me crois pas beau, certes non, mais je ne veux pas recevoir un jour, au coin d'une rue, un bol de vitriol au visage.

– SO_4 H_2, dit Peluque. Dégage quatorze grandes calories. Comme tous les acides forts.

Il se leva.

– Tu es ridicule quand tu prends ce ton de moraliste et de pasteur. Écoute-moi quelques secondes à ton tour. Oui, je reconnais que la situation est compliquée. Mais à qui la faute?

Je le regardai avec stupeur.

– Ne fais pas cet œil! dit-il d'un air de mépris fatigué. Tu ne peux pas être sérieux une minute. A qui la faute? disais-je. Aux événements. Les événements marchent tout seuls. Les faits s'enchaînent, se tirent, se poussent les uns les autres, et la part de la volonté humaine est bien infime... Mais abandonnons ces spéculations inutiles. Sortons. Nous continuerons sur la Plaine cette épineuse conversation.

Ce disant, il tendit à Hippolyte un bel écu de cinq francs. Mais celui-ci n'en voulut point rendre la monnaie, arguant de quelques menues dettes que le philosophe avait oubliées.

– Va, dit Peluque, garde cet or. Tu n'es pas méchant, non, mais tu me dégoûtes un peu.

Hippolyte, mettant les mains dans les poches de son tablier bleu, répliqua :

– Tu comprends que ça n'est pas le tout de boire le bitter, et de temps en temps, il faut un peu payer!

« Maintenant, peut-être que tu l'avais oublié, je ne dis pas le contraire, parce que je sais que tu es beaucoup intellectuel, et qu'il t'en passe, par la tête... (Il fit un geste immense, exprimant le nombre d'idées qui traversaient quotidiennement le cerveau de Peluque.)

– Tu m'excuseras si je te coupe! dit le philosophe.

Et me prenant par un bras, il m'entraîna sur la Plaine.

5

LÀ, nous promenant sous les platanes, nous reprîmes nos discours.

– Louis-Irénée, lui dis-je, si l'histoire des trois cent mille francs contient la moindre parcelle de vérité, il n'y a qu'une chose à faire : briser immédiatement avec cette couturière peu lettrée.

Peluque resta un moment pensif et faillit renverser la petite voiture que poussait une babélique nourrice. Puis il leva la tête et me dit :

– La divine sagesse coule de ta bouche comme un fleuve de lait mêlé de miel. Il est clair que tu as raison, je l'avoue, je le sais, je le sens. Aussi, je décide de quitter cette exquise Pomponnette pour plusieurs motifs; je vais te les dire avec ordre; non point pour te convaincre, mais pour me persuader moi-même de l'urgence de cette amputation.

« Je dis que je dois quitter cette fille :

« *a.* Parce que j'aime Lucie, et que je considère comme une trahison le fait d'entretenir des rapports d'ordre sentimental avec une tierce personne.

« *b.* Parce que, par des moyens encore inconnus à

ce jour, tout se sait. Si le beau-père apprenait mon crime, adieu, veau, vache, cochon...

Un gros monsieur décoré, qui passait près de nous, crut très certainement que cette fin de phrase lui était personnellement destinée, car je le vis se retourner plusieurs fois en murmurant je ne sais quoi à notre adresse.

– Tu vois donc, reprit Peluque, qu'il y a deux raisons puissantes, l'une d'ordre moral, l'autre d'ordre matériel.

– Admirablement analysé, m'écriai-je. A quand la rupture?

– Bientôt, me dit-il, bientôt...

Mais, tout d'un coup, il rejeta son chapeau en arrière et dit :

– Panier, je me méprise. Je suis misérable, odieux, infect, ignoble. Je ne suis qu'un paltoquet.

– Pourquoi t'accabler ainsi? demandai-je.

– Parce que je t'ai dit que j'allais quitter Pomponnette. Je t'ai dit cela d'un air volontaire, d'un ton assuré, d'une voix qui ne tremblait point; eh bien, il y a un mois que je dois la quitter; et, malgré mes intentions bien arrêtées, mon entreprise n'a fait aucun progrès. Je me méprise, je me dégoûte; et quand tu m'offrirais vingt mille francs, je ne me toucherais pas l'âme avec des pincettes.

– D'ailleurs, dis-je, remarque que je ne t'offre pas vingt mille francs, même pour assister à une aussi étrange opération.

– Tu ris, misérable, dit-il avec exaltation. Tu ris et

tu ne vois pas que je me débats dans un écheveau de sentiments qui m'enserre...

Il s'assit sur un banc, à côté de la vespasienne; je pris place auprès de lui.

– Écoute, Jacques, dit-il soudain, d'un ton confidentiel, veux-tu me sauver?

– Tu m'y vois tout disposé.

– Eh bien, joue-moi un sale tour; force-moi à quitter cette fille. Vole-moi son amour; persuade-lui de me chasser. Il se peut qu'ensuite j'essaye de me venger à coups de poing. Mais tu m'auras rendu un grand service et digne d'un ami tel que toi.

– Tu m'en promets une étrange récompense sous la forme de voies de fait. Mais en quoi te serai-je utile?

– En quoi? s'écria-t-il. Songe qu'elle m'adore, qu'elle est belle, et que je trouve en moi-même le plus terrible des ennemis! Au moment de prononcer les mots décisifs, je pense que je vais perdre ce corps délicat, cette bouche vivante, cette gorge, dont le coefficient de résilience étonnerait un métallurgiste! Alors, j'hésite, je me tais... Et d'ailleurs, si ma gorge serrée laissait passer les définitives paroles, rien ne serait fini, car elle se mettrait à pleurer.

– C'est possible, lui dis-je.

– Tu vois que tu le reconnais toi-même! Si elle pleure, je suis perdu; je ne peux pas voir les larmes d'une femme. Si tu es là, elle n'osera pas. Elle fera ça après notre départ. Je ne le verrai pas. Que veux-tu, ajouta-t-il en haussant doucement les épaules, je suis un sentimental, moi...

J'admirai la délicatesse de sa sensibilité.

Il reprit avec force :

– Il faut que tu te charges de l'opération. Cherche, imagine, invente, je compte sur toi.

Le rôle qu'il me proposait me parut amusant.

– Eh bien, dis-je, j'accepte de tenter l'aventure. Je vais t'exposer un plan de conduite.

– A ton aise, dit Peluque. Tu me vois ravi et reconnaissant.

– Et d'abord, il faut que tu me présentes à cette fille.

– Bien. Nous ferons ça un de ces jours.

– Ce soir, dis-je vivement. Ce soir même.

– Mais... c'est que...

– Non. Il ne faut point tergiverser. Je crois que l'opération, comme tu dis, peut être aisément réussie. Sais-tu ce que je vais faire? Je vais l'amener à te laisser tomber.

– Impossible, dit catégoriquement le philosophe.

– Qui sait? J'attirerai son attention sur certains détails. Je lui ferai remarquer que tu as le nez tordu (il porta la main à cet appendice), le teint jaune, et les cheveux d'une merveilleuse raideur. En outre, que tu es un peu déjeté. Enfin, je lui dirai qu'elle est belle, et qu'il est bizarre, pour ne pas dire antinaturel, qu'une femme divine accueille les baisers d'un homme aussi peu désirable.

– Oh! oh! s'écria le philosophe scandalisé, tu ne t'es peut-être pas regardé toi-même dans un miroir?

– Là n'est pas la question, répliquai-je. En ce

moment-ci, nous ne plaisantons point. Si tu veux une rupture, tu me permettras de dire à Pomponnette qu'elle est la première femme dont tu aies pu t'approcher, à cause de tes fermentations gastriques.

– Ah çà! s'écria Peluque. Mais dis donc! Par exemple... Non, pas de ça! Accable-moi moralement, si tu le juges nécessaire; dis-lui que ma fortune, quoique modique, est d'une origine douteuse; dis-lui que la police me considère comme un escroc de haute volée; mais ne m'insulte pas en faisant remarquer que mon nez n'est point grec et que mon corps diffère en plus d'un point de celui du Discobole.

– Alors, répliquai-je, il n'y aura point de rupture; un gredin est presque toujours aimable, un homme déjeté ne l'est point. Telle qui adore un forçat bien fait repousserait avec horreur un comptable intègre à l'haleine forte.

Peluque resta songeur.

– Écoute, me dit-il au bout d'un moment, je vais te proposer autre chose. Nous irons la voir ensemble. Je dirai que je suis très malade, et que cette passion dévorante en est la cause. Nous lui expliquerons qu'il faut que je la quitte parce que je l'aime trop.

« Puis nous prendrons congé. Tu auras oublié ta canne chez elle. Tu remonteras donc la chercher quelques minutes plus tard. Alors, d'une voix convenable, tu lui diras la vérité; que j'ai menti, que j'en aime une autre. Elle pleurera. Où? Sur ton épaule. Elle sera tienne.

– Si cette fille t'aime le moins du monde, elle ne consentira jamais...

– Elle m'aime, et c'est pour cela qu'elle t'aimera. Tu m'empruntes je ne sais quel vague reflet. Et puis, elle pleurera. Ignores-tu, à dix-huit ans, qu'une femme qui pleure est à la merci du premier venu? Combien de motifs la jetteront dans tes bras! L'énervement des larmes, le désir de vengeance, un reste de tendresse pour l'amant volage qui se reportera sur son ami... Sans compter que tu n'es pas mal!

– La question a deux faces, dis-je. Tu ne me demandes pas s'il me convient de la consoler. Me plaira-t-elle?

– Quelle question! rugit le philosophe.

Il ouvrit rapidement son portefeuille et me montra une photographie.

– Regarde cela! dit-il. Ces oreilles bien formées, ce col voluptueux, ce nez frémissant que l'objectif n'immobilisa point tout à fait...

Je considérai cette image pendant quelques secondes. La jeune femme était évidemment désirable; j'avais dix-huit ans. Un léger trouble m'envahit.

– A-t-elle de jolis mollets?

Le philosophe, par sa mimique, exprima un étonnement douloureux. Puis, retrouvant la parole :

– Tu me demandes si ma maîtresse a de jolis mollets?

Je n'insistai point. Dans ma confusion, je retournai la photographie; je vis qu'une autre image était collée au dos de celle-ci. Elle représentait une jeune fille de dix-sept ans, aux yeux naïfs, à la bouche fraîche, aux dents égales.

– Celle-là, c'est Lucie, m'expliqua Peluque. Je les

ai collées dos à dos par une sorte de délicatesse, et pour éviter une promiscuité pénible. Je les avais trouvées plusieurs fois dans mon portefeuille, face à face, l'une sur l'autre, et comme en train d'échanger sur mon compte d'inconvenantes confidences. Ainsi adossées elles sont séparées pour jamais.

Je le félicitai de cette preuve de tact. Puis, assez décidé, je m'écriai :

– Eh bien, c'est convenu. Cet après-midi, à deux heures, nous irons chez Pomponnette, et je te réponds que ça ne traînera pas!

Il referma sa pipe dans un étui de cuir qui avait les dimensions d'un sac de voyage, et remit avec peine le tout dans sa poche. Il parut rêver un moment.

– Enfin! dit-il, il faut bien s'y résoudre... Je me remets entre tes mains...

Il se leva brusquement.

6

– OHÉ, ohé! s'écria-t-il, voici Grasset!

En effet, je vis à quelques pas le lugubre poète. Un chapeau de paille à larges bords, un veston d'alpaga noir et des pantalons blancs lui donnaient un air gaiement estival. Mais son visage restait sombre et méditatif. Depuis quelque temps son pessimisme avait empiré, car il était amoureux d'une jeune fille du Conservatoire.

Cet amour, naturellement, n'était pas un amour jeune et rêveur, mais une passion noirâtre, corrosive, mortelle. Il avait récemment dédié à la bien-aimée une pièce qui commençait par ces vers :

La cloche sonne,
Le vent bourdonne,
Et dans mon cerveau délirant,
Des nains portent des cierges en courant.

Il s'approcha de nous.

– Bonjour, vieux, dit-il sinistrement.

– Bonjour, Grasset, dit Peluque, avec d'exubérantes grimaces. Et cette cloche? Et ces nains?

– Les nains courent toujours, dit le poète avec un morne sourire. Comment vas-tu, Panier?

– Fort bien, dis-je; mais toi-même, où en sont tes amours?

– Ah! fit-il, avec un soupir. Elle est belle. Elle est bien belle. Je ne suis pas assez fou pour croire qu'elle abaissera jamais les yeux vers un crapaud tel que moi.

Il nous regarda d'un air de défi, comme s'il était prêt à combattre le premier contradicteur.

– Je suis petit, poursuivit-il, maigre, noué, l'oreille en éventail...

– La trompe entre les dents... suggéra Peluque.

Mais Grasset ne daigna point l'entendre.

– Comment pourrait-elle m'aimer?

– Tu t'exagères tout ça, dis-je. D'abord, tu n'es pas si vilain que ça.

– Très vrai, dit le philosophe, j'en connais de plus laids que toi.

– Et puis, elle n'est pas si belle que tu le dis.

– Elle est même bien maigre, fit observer le philosophe.

Le poète eut comme une explosion de dégoût.

– Pouah! s'écria-t-il. Tu ne saurais entendre à quel point je te trouve bestial.

Mais Peluque le prit par le bras.

– Allons, dit-il, ne fais point tant de grimaces pour si peu de chose. Il n'est que onze heures, malgré l'apéritif déjà bu (tournure latine vivement recommandée pour les thèmes). Nous avons le temps de nous mettre au courant du mouvement littéraire. Allons lire des revues.

– Bah! dit Grasset, à quoi bon?

– D'ailleurs, ajoutai-je, le bibliothécaire m'a pris en grippe, à cause de quelques annotations manuscrites dans la marge de je ne sais quel poète.

– Je n'ai point la pensée d'aller à la bibliothèque, s'exclama le philosophe. Venez donc... Venez donc...

Nous le suivîmes, et bientôt nous entrâmes dans un immense corridor dont les murs étaient constellés de plaques émaillées. L'une d'elles annonçait que M. Victor Barlaton, chirurgien dentiste, excellait par-dessus tous ses confrères dans l'art de soigner, d'extraire ou de remplacer une dent. Et, au fond du couloir, une main persuasive, l'index tendu, indiquait le chemin menant vers cet artiste.

Sans hésiter Peluque s'engagea dans l'escalier et bientôt, faisant mille grimaces aussi variées que silencieuses, il sonnait à la porte ornée d'une plaque de cuivre.

On entendit un pas. Brusquement la face du philosophe se crispa; des rides douloureuses creusèrent son front. D'une main fébrile, il appliquait sur sa joue un mouchoir.

Une petite bonne nous ouvrit, et nous entrâmes dans un vaste salon où se trouvaient déjà sept ou huit personnes qui paraissaient diversement affligées d'un même mal. Un frêle jeune homme, la bouche grande ouverte, une épingle à la main, replaçait en hâte dans sa dent creuse une petite boule de coton. Une jeune femme d'apparence agitée sondait ses joues au moyen de sa langue, et l'on voyait une protubérance rouler entre son oreille et son menton. Cependant, un monsieur correct et corpulent bavait sur un mouchoir à carreaux.

Peluque prit un siège et m'en indiqua un d'un geste de propriétaire. Confortablement assis dans les fauteuils capitonnés, nous fûmes bientôt en lecture, car sur la table se trouvaient une vingtaine de revues que M. Barlaton recevait à l'usage de ses clients. Il y avait aussi du papier à lettres et des enveloppes. Le philosophe se mit à écrire.

De temps à autre, le dentiste entrouvrait la porte et illuminait la salle d'un sourire engageant; sur-le-champ, une victime se levait, agitée de tremblements nerveux. M. Barlaton s'effaçait pour lui laisser le passage, s'inclinait, et refermait la porte avec un deuxième sourire légèrement plus grave que le premier.

Je voyais ainsi se rapprocher le moment où viendrait le tour du philosophe. Il le vit aussi; mais, loin de s'en réjouir, il alla poliment offrir son rang à une jeune femme qui venait d'entrer. Je crus à un prétexte pour engager une amoureuse conversation : à ma grande surprise, Peluque vint tout aussitôt se rasseoir et, s'emparant d'une feuille de papier à lettres, il se mit à écrire. Je l'interrogeai :

– Pourquoi laisses-tu tomber cette femme? Elle n'est pas mal!

– Si tu réfléchissais une seconde, tu verrais les raisons de ma discrétion. Depuis que je viens ici, j'ai rencontré beaucoup de jolies femmes. Au début, je leur ai donné l'assaut sans distinction de poil ni d'âge. Mais j'en fus promptement dégoûté.

« D'abord, songe que des personnes énervées par une rage de dents ne sont point disposées à la galanterie. Je te dirai, en témoignage de ce que j'avance, que j'ai reçu une bonne demi-douzaine de gifles. Et, d'autre part, j'ai pu m'assurer, dans les cas où ma stratégie obtenait quelque succès, qu'il n'est rien aussi peu agréable qu'un baiser parfumé à l'essence de girofle ou à l'acide arsénieux.

Il se remit à écrire. La face de M. Barlaton parut de nouveau dans l'entrebâillement de la porte, et, par son sourire mystérieux, il attira la jeune femme qui disparut dans son sillage. Ce manège, tant de fois répété, commençait à me faire songer au fameux joueur de flûte qui entraîna, par la seule magie de son chant, tous les enfants de la malheureuse ville de Hameln.

La fraise se remit à ronronner de l'autre côté. Cette atmosphère me pesait. Au fond de ma bouche, une dent de sagesse s'effritait depuis quelques mois. Elle m'avait déjà procuré bien des nuits affreuses. Mais un déplorable manque de courage me faisait fuir les dentistes, ces bourreaux bienveillants et cupides.

A me sentir si près de l'homme qui pouvait me délivrer des rages futures, deux sentiments grandirent en moi : une envie de filer qui tremblait dans tous mes membres, et un désir raisonnable de subir la petite opération si longtemps différée.

Je songeai :

« Ça ne doit pas être bien terrible. Peluque écrit paisiblement en attendant son tour. Ce Barlaton lui a peut-être déjà arraché quelques molaires. Il n'en est pas mort, et le voici délivré... Je vais lui demander ses impressions. »

Je me penchai vers le philosophe, qui calligraphiait une épître à sa Lucie.

– Est-ce que tu souffres des dents?

Il ne leva pas la tête, mais répondit avec calme :

– Pas en ce moment.

Je repris :

– Ah! moi aussi, j'aurais besoin de voir un dentiste! J'ai une dent de sagesse qui me tourmente bien fort la nuit.

– Fais-la arracher.

– Est-ce bien douloureux?

– Pas du tout. On ne sent rien.

Il écrivait toujours, tranquille et grave.

– Est-ce que ce dentiste est habile?

– Je ne sais pas, dit-il, en séchant sa page d'un buvard moelleux.

– Comment? Tu ne sais pas? Enfin, tu dois bien savoir si tu en es content!

– Oh! Pour moi, j'en suis très content. Beau papier à lettres. La bonne est polie.

– Y a-t-il longtemps que tu viens ici?

– Quatre mois.

Il se remit à écrire.

– Et au bout de quatre mois de traitement, m'écriai-je, tu n'es pas capable de juger ce praticien?

– Tu es épatant! répliqua-t-il avec impatience. Je ne l'ai jamais vu que sur la porte!

Je compris soudain.

– Tu n'as donc jamais attendu ton tour?

– Jamais.

Je ricanai de mépris.

– Imbécile! dis-je. Tu cèdes ta place à toutes les femmes, et tu perds ton temps bêtement! Où penses-tu que cela te mènera? Mais peut-être abandonnes-tu ton tour par frousse, plutôt que par galanterie?

Il se mit à rire bizarrement. M. Barlaton entrouvrit la porte : elle aspira la dernière cliente. Nous restâmes tous les trois seuls. Grasset lisait *Le Mercure*. Peluque se leva.

– Et tu n'as pas encore compris, s'écria-t-il avec mépris, que je n'ai pas mal aux dents! Tu ne vois pas que je viens ici faire ma correspondance et me tenir au courant du mouvement littéraire? Quand mon tour vient, il est naturel que je n'en profite pas!

Grasset parut inquiet.

– Mais quand il n'y a plus personne? dit-il en ouvrant de grands yeux.

– Quand il n'y a plus personne, je fous le camp!

Je me levai. D'un bond, je fus à la porte. Elle s'ouvrit brusquement : un officier entra.

Peluque changea de visage : avec un beau sourire, il lui serra vigoureusement la main. L'autre recula d'un pas, puis il s'écria :

– Eh, nom de Dieu! Mais c'est Louis-Irénée!

– Quelle heureuse surprise! dit le philosophe. C'est moi-même, monsieur Ledru!

– Et que faites-vous ici?

– Vous le voyez, dit Peluque. J'accompagne mon cousin qui voulait se faire arracher une dent.

Ce disant, il me montrait. Je commençais à me demander très sérieusement s'il n'était pas fou.

– Permettez-moi de vous le présenter, reprit-il. Étudiant en médecine, garçon fort distingué, mais je dois reconnaître qu'il est très impressionnable.

Le capitaine me regarda de travers. Grasset était stupéfait.

– Vous voulez dire qu'il est peureux? dit le capitaine d'une voix tonnante.

– Figurez-vous, beau-père, qu'il souffrait d'une épouvantable rage de dents. Il me supplie de le conduire chez un dentiste; je l'amène ici; et voici que toute douleur a déjà disparu! Voyez-vous l'effet de la crainte. N'aie pas honte! ajouta-t-il en s'adressant à moi. Tu n'es pas le premier à qui ça arrive! On cite le cas dans le cours de psychologie!

– Que parlez-vous de psychologie! s'écria le capitaine en épongeant son front; à quoi cela rime-t-il? je voudrais que tous ces intellectuels, littérateurs et acrobates de philosophes fussent dégradés sur la place publique et mis en cellule pour le restant de leurs jours!

Il s'assit en soufflant, et je pus l'observer de près. Il était assez petit, mais bedonnant. Sur ses deux jambes grêles et courtes, il avait l'air d'une pomme sur deux cure-dents. Sa figure était charnue et rougeaude; son nez, épais et rond, était piqueté de mille petits trous.

Il tourna vers moi ses yeux troubles, sous lesquels un « rabiot » de peau formait des poches superposées, et d'une voix un peu étouffée, à cause de son col qui l'étranglait, il dit :

– Mal aux dents! Moi, à votre âge, je croquais des billes! C'est vrai qu'il y a l'hérédité. Mais j'y songe! reprit-il brusquement, c'est votre cousin?

Il m'examina de la tête aux pieds.

– Exactement! dit Peluque.

– Et c'est le fils du propriétaire de la fabrique?

– Non! répliqua le philosophe, sans se troubler. C'est son neveu, comme moi.

– C'est vrai! remarqua le capitaine. Puisqu'il s'appelle Corbeille, il ne peut pas être le fils de M. Legrand.

J'étais ahuri, mais je trouvai la force de dire :

– Je ne m'appelle pas Corbeille. Je m'appelle Panier.

– Bah! dit le capitaine affablement et comme s'il me pardonnait de ne pas m'appeler Corbeille, ça ne fait rien, allez, jeune homme. Il n'y a pas de quoi, je vous excuse. Mais alors, reprit-il, en se tournant vers Peluque, il aura la moitié de l'usine, à la mort de votre oncle?

– Pas la moitié, dit le philosophe, parce qu'il n'est que vaguement apparenté. Un quart peut-être, ou un huitième!

– Un huitième! dit le capitaine. Hé, hé, ça vous fera tout de même dans les deux cent mille francs!

J'étais décontenancé et furieux. La question qui suivit acheva ma déroute.

– Vous la connaissez, l'usine? me demanda le capitaine qui s'éventait avec son mouchoir.

Le philosophe s'exclama :

– S'il la connaît! Y avons-nous assez joué dans notre enfance! Hein, Jacques? Te rappelles-tu les parties de cachette derrière les cornues de grès? Et ce vieux contremaître qui avait toujours peur qu'il nous arrivât malheur au milieu des ruisseaux d'acide?

– Il avait raison! concéda le beau-père. Il est vrai que c'était fort dangereux!

Grasset ricanait. Une envie subite me vint de dire à cet homme la vérité; puis je songeai au scandale, et qu'il saurait bien assez tôt; je me contins.

– Un jour, continue Peluque en me désignant, je lui ai sauvé la vie, il allait boire de l'acide prussique!

– Imbécile! hurla le capitaine, avec un regard de mépris.

Grasset suffoquait de rire contenu. Je fus piqué, et je m'écriai à mon tour :

– As-tu oublié le jour où tu tombas dans le refroidisseur de cet alambic? Tu voulais faire de l'équilibre sur le bord. Fort heureusement on venait de changer l'eau. Sans cela, tu y cuisais comme un homard!

– Ah! foutu morveux! cria le capitaine.

– Tu dois te tromper! dit le philosophe avec un

beau sérieux. Je n'ai gardé aucun souvenir... Aucun!

– Comment? Tu sais bien? L'alambic rouge? Près de la porte, à gauche en entrant? Celui dont le robinet était si dur à ouvrir?

– Il ne faut jamais laisser les enfants seuls, proféra le beau-père. Jamais!

La face de M. Barlaton parut; le capitaine se leva. D'une voix autoritaire, il dit :

– Vous, vous avez le temps. Je passe devant!

Nous ayant serré la main, il sortit.

Tout aussitôt, je me campai en face du philosophe. Je le saisis aux épaules, avec une silencieuse violence, j'attachai sur sa face un regard acéré.

– Voyons! dis-je, est-ce que tu es fou?

– Tu sais bien que non!

– Mais que signifie cette comédie? Pourquoi dis-tu à cet imbécile ventru que j'ai peur du dentiste?

– Sans vouloir remarquer que tu insultes devant moi un membre de ma famille, je te réponds que je l'ai dit parce que c'est la vérité. Tu as peur du dentiste.

– Et pourquoi me fais-tu passer pour ton cousin?

– Pour me poser, dit-il simplement. Je n'ai que ma mère au monde, et je n'ose pas la montrer. Le capitaine n'a jamais vu que moi. C'est louche, ça. On n'épouse pas volontiers un solitaire. On épouse une famille. C'était la première fois qu'il voyait un de mes parents. Pour me reprocher ça, il faut vraiment que tu n'aies pas de cœur!

Je criai :

– Si ça te servait à quelque chose, je l'accepterais volontiers! Mais qu'espères-tu de cette fable grotesque? Pourquoi conter cette histoire idiote?

– Tu m'as dit tout à l'heure que les gens riches n'épousaient point les gens pauvres; ton bon sens perspicace ne te trompait point. Je ne possède rien; je me suis donné des espérances.

Son incohérence me surprit si fort qu'il me vint un doute; après tout, cette usine existait peut-être.

– Y a-t-il un mot de vrai dans ce que tu as raconté?

– Qui sait? dit-il.

– Comment? Qui sait?

– A vrai dire, j'ai inventé de toutes pièces l'oncle et son usine. Mais il y a parfois de si étranges coïncidences! On n'est jamais sûr de rien.

Les bras m'en tombèrent.

– Quelle bouffonnerie! m'écriai-je. Malheureux imbécile! Tu ne vois pas qu'il va prendre des renseignements?

– Tu lui en as donné.

– Moi! Moi! J'ai collaboré à cette farce idiote! Cet homme apprendra la vérité un de ces quatre matins. Si je le rencontre (je secouai le bras de Peluque), quelle tête ferai-je devant lui?

– Et moi? dit-il avec simplicité. Et d'ailleurs, reprit-il en s'animant tout à coup, elle existe, cette usine! Elle existe, puisque nous en parlons! Elle existe avec un luxe de détails précis qui ajoute à sa réalité! Toi-même, tu viens, avec une spontanéité serviable, d'y placer un alambic que je n'avais pas encore remarqué. En fin de compte de quoi m'accuses-tu? Si l'usine avait été fondée réellement par un parent opiniâtre, tu me témoignerais une grande considération. Et pourtant, où serait mon mérite? Mais comme c'est moi qui l'ai, de toutes pièces, créée, comme j'ai donné à cet oncle l'existence, et jusqu'à un nom, tu m'accables d'injustes sarcasmes. En un mot, tu me reproches d'être le fils de mes œuvres.

– Mon cher ami, dis-je avec calme, tu as le secret de répondre à tout par des bouffonneries. Je ne sais si tu te moques de moi, du capitaine, de toi-même, ou de l'univers. A ta guise. Tu es libre de tes actes. Prends garde que le fait d'être fou n'en adoucira point les conséquences. Pour ce qui est de moi, je te répète que je ne veux plus, sous aucun prétexte...

Je me tournai pour prendre à témoin le silencieux Grasset : il n'était plus là. Son absence me fit songer soudain que je me trouvais chez un dentiste, et je me hâtai vers la porte : elle s'ouvrit et la face de M. Barlaton parut.

Le dentiste s'inclina et fit son sourire aimanté. Mais il sourit en vain. Je feignis d'examiner avec intérêt un abominable chromo, tandis que Peluque, soulevant un coin du rideau de la fenêtre, faisait de grands signes d'amitié à un passant imaginaire.

– Le premier de ces messieurs? dit M. Barlaton. Monsieur Panier?

Mes genoux fléchirent.

– C'est moi, dis-je.

– M. Ledru vient de me parler de votre cas, me dit cet artiste. Il est commun. Allons, monsieur, un peu de courage!

Je ne sus que répondre.

– Vous redoutez une intervention – pourtant indispensable! Et parfaitement indolore!

– Monsieur, dis-je, je vous affirme qu'en entrant ici...

– Je sais, dit M. Barlaton avec un sourire. Je sais. Vous êtes venu très décidé, et maintenant vous avez peur.

Peluque dit amicalement :

– Tout à l'heure il se plaignait d'une dent de sagesse.

– Une dent de sagesse! s'écria Barlaton en levant les bras au ciel. De la mâchoire supérieure, je parie?

– Oui! dis-je résolument. Mais je ne veux pas la faire arracher.

– Pourquoi croyez-vous que je tienne à vous l'arracher? D'ailleurs, nous avons de nouvelles piqûres qui suppriment absolument toute douleur. Une ampoule d'Endormol; et le tour est joué! Mais, puisque vous n'y tenez pas, nous allons seulement l'examiner...

Il insista longuement. Je ne dirai point ici, car j'ai de l'amour-propre, comment il me persuada que cette dent me conduirait à la carie du maxillaire, accompagnée d'un phlegmon suivi d'une mastoïdite, aggravée par une putréfaction partielle des os du crâne, et couronnée par la décomposition totale dans l'obscurité du cercueil.

J'oubliai Peluque; je suivis l'horrible Barlaton jusqu'au diabolique fauteuil.

Pour détourner mon attention, le bourreau parlait abondamment. Il m'expliquait le fonctionnement de la linotype, tout en emplissant de poison sa petite seringue. Puis il compara les combats de boxe aux jeux du cirque romain et me transperça la chair des gencives. Tandis que l'anesthésique agissait, il conta une histoire salée en faisant de grands éclats de rire. Tout cela très vite, avec les mines de quelqu'un qui prend un grand intérêt à la conversation. Mais je n'entendais qu'un lointain murmure et je crevais littéralement d'une peur abjecte. Une rancune féroce s'amassait en moi contre cet ignoble Peluque. Je résolus de le gifler publiquement. J'irais ensuite chez le capitaine clamer la vérité. Ma haine croissait à chaque seconde, avec ma peur.

Soudain, l'affreux Barlaton prit un davier dont le manche avait des courbures d'accident. Il bondit sur une mystérieuse pédale, il fit basculer le fauteuil en arrière et, jetant son masque d'interlocuteur, il m'ouvrit la bouche avec d'effrayantes grimaces.

Ma terreur fut si grande que je ne pus crier. Je fermai les yeux. Quand je les ouvris, je vis au bout du davier un petit os à peine rouge. M. Barlaton me tendait un verre à l'odeur exquise. Le monde changea de couleur; j'étais délivré.

Brave Barlaton! Comme il était habile et sympathique et blond! Quelle face agréable! Quel sourire amical! Le beau davier, sur le plateau mobile, brillait de tout son nickel : j'admirai sa courbe ingénieuse qui donnait une prise solide. Le fauteuil mécanique, commode et accueillant, reprit sa position normale. Je souris. Je causai. Je payai. Je sortis.

Peluque n'était plus dans la salle d'attente. Bon Peluque! Je lui devais un peu de reconnaissance; sans lui, je ne serais pas venu là. Toutefois, il me sembla que j'avais depuis longtemps décidé de subir cette anodine opération. Mais enfin, il m'avait tout de même fourni l'occasion.

Je le retrouvai sur la Plaine. Il était assis à côté de Grasset, sur un banc, et il surveillait la porte du dentiste. Dès qu'il me vit, il se mit à rire et dit :

– Comment t'en es-tu tiré?

– Fort bien, dis-je d'un ton naturel. Quand on va se faire arracher une dent, il n'y a pas deux manières de s'en tirer!

– Il t'a arraché ta dent?

– Qu'y a-t-il d'extraordinaire? Je suis débarrassé, et je n'ai rien senti.

Je crachai une salive rougeâtre qui confirma mes dires. Peluque me regarda avec un peu d'admiration.

– Parlons d'autre chose, repris-je. Sais-tu que ton beau-père m'a l'air d'un fameux crétin?

– Nous y voilà de nouveau! dit-il. Au fond, tu es vexé parce qu'il t'appela Corbeille. Cesse de me le reprocher; je t'avais présenté correctement. Est-ce ma faute si cet homme n'a pas la mémoire des noms, et si de subites associations d'idées...

– Si je le rencontre, je ne le reconnaîtrai pas. S'il insiste, je lui dirai brutalement la vérité et, par-dessus le marché, qu'il est une andouille.

– Je découvre, dit le philosophe avec douceur, que tu as un mauvais caractère. Au reste, je m'en étais toujours douté.

Il tira sa montre qui n'avait qu'une aiguille, celle des minutes.

– Il est midi un quart, dit-il avec assurance. Il faut que je vous quitte, car ma mère est fort chatouilleuse touchant l'heure des repas. Jacques, il est certain que ta colère sera calmée vers une heure. Rendez-vous chez Hippolyte à une heure et demie. Nous irons courageusement chez Pomponnette, pour la définitive séparation.

Il nous tourna le dos et descendit la rue Bergère.

Je demeurai quelques minutes encore en compagnie de Grasset.

– Il est fou, dis-je. Il est dangereusement fou. Comment va finir cette histoire? Par quel pugilat entre le beau-père idiot et le gendre illusionniste?

– Bah! dit le poète, tout s'arrangera pour lui. Sa folie a quelque chose d'endiablé, de joyeux et, pour tout dire, d'enviable. Il rit toujours. Comment fait-il?

– Il lance un influx nerveux dans le grand zygomatique. Imite-le. Tu riras aussi bien que lui.

Le poète me regarda quelques instants. Puis, avec un grand air désespéré, il mit sa main dans la mienne. Elle était épaisse et froide, et me fit l'effet d'un poisson mort.

– La vie entière, dit-il, est une vaste bouffonnerie. Les amis sont de mauvais plaisants. Heureusement, nous ne sommes pas immortels!

Avec ces paroles incohérentes, il s'en fut par la rue Saint-Savournin.

7

Il était une heure et demie. J'attendais Peluque dans le petit café d'Hippolyte; celui-ci somnolait derrière son comptoir, car il se levait tôt et se couchait tard, par amour du lucre.

J'étais vêtu fort élégamment : veston bleu marine, pantalon de flanelle blanche, bottines d'un cuir richement verni. J'avais dans ma poche des gants immaculés, qui s'ajustaient fort exactement à mes mains.

J'étais rasé, poudré, coiffé, parfumé, tout prêt à consoler la couturière... Je n'avais pas oublié ma canne, beau prétexte, en jonc à pomme d'argent.

La photographie que le philosophe m'avait montrée le matin même flottait devant mes yeux. Non, elle n'était pas mal du tout...

Cependant, assis à côté de moi sur la banquette de moleskine, Grasset m'entretenait à mi-voix.

– Les microbes, disait-il, pullulent autour de nous. Ils sont en si grand nombre que la seule pensée m'en terrorise. Je n'ai point la rétine suffisamment sensible et c'est pourquoi je ne puis voir le torrent d'animaux crochus qui s'engouffre dans tes narines à chaque aspiration. D'après Metchnikoff, il est certain que d'immenses colonies prospèrent en ce moment même dans tes intestins.

– Pouah! s'écria la voix de Peluque (et il entra d'un pas léger). Pouah!

– Pauvre ami! ricana Grasset en considérant le philosophe, et, toi aussi, tu as des intestins! Tu n'es pas un dieu!

– Si j'étais un dieu, dit Peluque avec douceur, serais-je dans un café? Aurais-je des souliers vernis? Fumerais-je une pipe Ropp? Certainement non.

Cependant Hippolyte apportait trois tasses fumantes.

Après un instant Grasset parla.

– Peluque, dit-il, tu maigris!

– Au diable la chouette! s'écria le philosophe; si j'ai maigri, j'en suis heureux. Les gens maigres ont les pieds légers.

– Les gens maigres deviennent tuberculeux, dit Grasset, à moins qu'ils ne meurent de l'anémie bronzée.

Mais Peluque haussa les épaules et, désignant Veaubraisé qui entrait, s'écria tout à coup :

– Et s'il revenait un jour, que faut-il lui dire?

Puis il se précipita sur le vicomte et lui serra les deux mains.

– Bonjour, amis! dit le nouveau venu. Bonjour à la maisonnée!

Il touchait à la quarantaine. Il était assez grand, à demi chauve, la figure presque rose, sans barbe ni moustaches; ses joues étaient marquées de quelques plis assez profonds, mais ses yeux bleus riaient perpétuellement.

Le vicomte de Veaubraisé était fort riche, et il habitait sur la Plaine une très belle maison; cependant, il ne fréquentait guère que des étudiants. Nous le rencontrions régulièrement sur la banquette d'Hippolyte et au promenoir des music-halls. Il se vantait d'avoir connu toutes les passions. Il s'intéressait à la peinture, à la sculpture, à la musique, aux sciences occultes, à la géographie, à la pornographie : c'est pour cela que l'on disait qu'il était électrique.

Au reste, assez mystérieux; je ne me rappelle de lui qu'un homme aux vêtements aristocratiques, qui appuyait ses mains chargées de bagues sur la pomme d'or d'un jonc noir; un homme à la voix flûtée, qui avait l'âge de mon père, et que je tutoyais.

Il vint s'asseoir auprès de nous, dans son élégante jaquette qui insultait à la simplicité du petit café. Les glaces émerveillées le tirèrent sur-le-champ à mille exemplaires.

– Il y avait longtemps qu'on ne s'était vu, dit-il, en ôtant ses gants. Je savoure la minute qui nous réunit.

– Ah! dit Peluque avec conviction, je la déguste, je voudrais que cette minute eût la forme d'un trapèze nickelé; je m'y suspendrais à jamais au-dessus du fleuve du temps! Mais parle-nous de toi, que deviens-tu?

– Ma foi! dit le vicomte, je vais me marier. Elle est délicieuse! Elle a des bras! Elle a des coudes! Ah!

Panier! Si tu voyais la rondeur innocente de ses coudes! Et ses yeux! Elle a des yeux! J'ai fait un sonnet sur ses yeux! Tu permets que je te lise...

Ce disant, il se fouillait.

– Pardon! dit Peluque, tu ne vas pas nous faire le coup du manuscrit. Le défaut des auteurs, dans leurs productions... Non, non. D'ailleurs, nous sommes pressés. Je dois, cet après-midi, me séparer d'une petite amie qui... Tu excuseras le bégaiement d'une âme troublée. C'est Panier, ici présent, qui va procéder à cette amputation; il maniera le bistouri du bon sens; il videra l'abcès de la passion; il pansera la plaie avec la charpie de l'amitié; vicomte, vous m'avez compris.

Il lui serra la main avec vigueur et disparut.

– Panier, me dit le vicomte, notre ami fait bien de se séparer d'une créature de ce genre. Je ne la connais pas, mais je sais qu'il a raison. Ces femmes sont dangereuses. Cultivons la vertu, unissons notre vie à celle de quelque honnête jeune fille...

Il continua ce discours quelque temps; mais, au moment où je commençais à m'inquiéter de l'absence de Peluque, je vis une voiture de place attelée de deux chevaux s'arrêter devant le café.

Sur les coussins à la blancheur immaculée, le philosophe se renversait nonchalamment. Je pris congé du vicomte et je m'installai dans le véhicule, tandis que Peluque disait au cocher :

– Tu nous feras faire une fois le tour de la Plaine avant de partir pour la rue Marengo.

– Tout ce que tu voudras, répondit l'autre, puisque tu m'as payé pour l'après-midi!

La voiture partit au petit trot.

– Cet homme prétend que tu l'as payé d'avance, dis-je; il a la berlue?

– Point! répliqua le philosophe; j'ai payé d'avance, car je possédais tout à l'heure encore un billet de dix francs. C'est une folie, je le sais. Mais songe qu'il me fallait arriver chez Pompon dans l'équipage d'un vrai malade. N'hésitons jamais devant les folies nécessaires!

Nous faisions cependant le tour de la Plaine. Peluque, noblement, saluait son peuple stupéfait : la vendeuse de journaux, le commandant du *Torpilleur*, le propriétaire des petits ânes familiers et les nourrices généreuses. Quand il eut bien joui de son triomphe, il donna au cocher l'adresse de Pomponnette. En un quart d'heure nous arrivâmes devant le logis de l'adorée.

– De l'énergie! me dit Peluque. Panier, je compte sur toi. Il se peut que l'amour amollisse mes forces, et que la vue d'une créature qui... n'est-ce pas? émeuve un cœur... Tu as compris. Mais toi, sois le bon pilote!

Il éteignit sa pipe, puis s'étala dans la voiture le chapeau sur les yeux. Cependant, je montais au troisième étage.

Cette maison sentait le moisi. Les murs étaient mous, la rampe humide. Une ombre dense et presque concrète roulait dans l'escalier.

Derrière la porte, j'entendis ronronner une

machine à coudre, tandis qu'une voix chantait assez agréablement. Je frappai : le ronronnement s'arrêta, la voix se tut, la porte s'ouvrit.

Je me trouvais en face d'une jeune fille assez petite, aux cheveux presque roux. Une figure quelconque : nez rond, bouche charnue, menton insuffisant; mais un cou gras et blanc, des bras bien formés, et de la ligne; elle avait pour tout vêtement un peignoir sans manches, et ses pieds étaient nus dans des babouches.

Elle me plut infiniment, à cause de ses yeux coquins et de sa chair bienveillante.

– Je suis envoyé par Louis-Irénée, dis-je.

– Entrez donc, monsieur, entrez donc! dit-elle d'une voix agréable.

La salle était fort claire et, par la large fenêtre, je voyais la masse verte des platanes.

Au milieu de la pièce, une table ronde, couverte de lambeaux d'étoffe, de rubans, de ciseaux, de bobines versicolores. Un fauteuil d'osier peint en vert, cinq ou six chaises, dont l'une n'avait point de dossier. Derrière un rideau, je devinais un lit. Sur la cheminée, je vis d'un coup d'œil un millier de petites saletés décoratives, éléphants en porcelaine, poissons d'avril, vases à fleurs surmontés de roses artificielles dévorées de poussière, photographies jaunies sur des cadres de bois découpé, le tout donnant l'impression d'un bazar abandonné.

Comme elle ne m'invitait pas à m'asseoir, j'en pris l'initiative.

– Je viens, mademoiselle, dis-je d'un ton assez dolent, remplir auprès de vous une pénible mission.

Elle me regardait, un peu intriguée.

– Louis-Irénée est mon ami intime. Je n'ignore rien de ses petits secrets, même de ceux qui lui sont les plus chers. Je connais donc les sentiments qui, d'une part... et de l'autre... depuis quelque temps déjà... Bref, je crois être assez clair.

Elle me considérait, incertaine, et les poings aux hanches.

– Je dois vous dire, mademoiselle (et certes ma mission n'est point des plus agréables), que Louis-Irénée est très gravement malade.

J'avais pris un air lugubre; elle éclata d'un rire joyeux et se laissa tomber dans l'antique fauteuil.

– Ah! quelle blague! disait-elle. C'est bien de lui! Malade! Allons, dites-lui d'entrer. Je sais bien qu'il est là, derrière la porte, et qu'il écoute la conversation.

Je me levai, comme indigné : je courus à la porte, je l'ouvris toute grande. A la vérité, je craignais un moment de l'y trouver; mais il avait eu le bon sens de rester dans la voiture.

Elle parut étonnée.

– Mademoiselle, repris-je, je vous affirme que le docteur le trouve très, très faible. Il lui a défendu de vous voir. Votre seule présence, l'agitation qui accompagne un entretien un peu vif, les mouvements de la passion, tout cela pourrait lui être funeste... S'il revient ici, je ne puis vous cacher qu'il risque de mourir subitement dans ce fauteuil.

Je fis une telle mimique qu'elle vit distinctement un cadavre étalé sur le siège d'osier.

– Mais enfin, dit-elle, ce n'est pas possible! Lui malade? Avant-hier soir, il a bu seize demis à la brasserie! Ça ne vient pas si vite que ça les maladies!

Sans mot dire, je la pris par le bras, et je la conduisis à la fenêtre que j'ouvris d'un seul coup : du doigt je lui montrai le philosophe...

A travers les platanes, on le voyait sur la blancheur des coussins. Ses bras en croix, ses mains qui retombaient tristement, sa tête rejetée en arrière étaient d'une muette éloquence. Son immobilité, si étonnante chez lui, me serra le cœur.

Pomponnette pâlit.

– Mon Dieu! dit-elle, ça ne me semblait pas possible. Comment ce malheur est-il arrivé? Allez le chercher. Dépêchez-vous donc! Vous voyez bien que je ne suis pas habillée! Si je lui faisais une infusion?

Elle disait tout cela avec une émotion véritable. J'eus presque honte.

Je descendis chercher Louis-Irénée. Il me cligna de l'œil sataniquement. Appuyé sur mon épaule, il traversa le trottoir en donnant tous les signes de la plus extrême débilité. Le dos voûté, une main sur les reins, les genoux fléchis, la tête baissée... Car il craignait que Pompon ne fût à la fenêtre.

Mais, dès qu'il arriva dans le corridor, il jeta son chapeau en l'air, de telle façon qu'il lui retomba sur la tête, avec un bruit de tambourins; puis il battit un rapide entrechat et, la figure grimaçante, il poussa si j'ose ainsi dire un cri muet. Soudain, j'entendis un pas dans l'escalier : d'un seul coup, et comme par un enchantement, il reprit son allure de moribond.

Pomponnette venait à sa rencontre : presque maternelle, elle le soutenait et l'accablait de questions; mais il ne répondait que par des murmures plaintifs, et donnait de grands coups de pied dans le bois des marches.

En entrant, il s'effondra dans le fauteuil, les yeux mi-clos, la lèvre pendante et il touchait le parquet du bout de ses mains inertes.

Immédiatement, et sans tenir compte de ma présence, commença une étrange comédie.

La petite couturière mit un genou en terre devant Peluque et dit :

– Le petit apache est malade? Non, il n'est pas malade! Et il va boire la bonne infusion; puis il prendra le fortifiant, et il n'ira plus jamais au café! Non, plus jamais!

Une succession étrange de grimaces défilait sur la face mobile du philosophe. Tantôt une crispation douloureuse révélait des tourments aigus; puis, les traits se détendaient et montraient l'image du plus parfait abattement; enfin, par moments, il levait les yeux au ciel, secouait la tête et promenait autour de lui le regard doux et résigné du philosophe qui va quitter la vie.

Cependant Pomponnette le serrait tendrement, et la scène se compliqua de baisers. J'avais beau prendre des poses et tenter mes plus sûrs effets de profil :

vainement je penchais la tête en faisant saillir une hanche. Je n'obtins pas même un regard : à ma barbe, ces deux imbéciles communiaient des gencives, et presque des amygdales.

Je songeais à l'ultime recommandation de Peluque, il avait prévu cette défaillance; il avait compté sur moi pour conjurer le péril... Poussé par le sentiment du devoir qui s'aiguisait d'une obscure jalousie, j'intervins.

– Mademoiselle, dis-je, j'ai entendu ce que lui a dit le docteur; il ne faut pas qu'il vienne ici. Ce petit jeu ne lui vaut rien; et si vous n'avez de bon sens ni l'un ni l'autre, il faudra que j'en aie pour vous.

Pomponnette me regarda de travers. Je poursuivis :

– Considérez cette figure! Il est vert, il a les yeux creux, le nez pincé, les lèvres blanches; ses oreilles sont transparentes. Voilà ce que la passion en a fait! Prenez garde de l'achever!

Et, comme je la voyais mal à l'aise, je voulus poursuivre mon avantage, et je repris :

– Regardez cette face! Mais regardez donc cette face!

C'était peu varié; cependant, je croyais ce discours efficace.

– Regardez donc cette pipe! s'écria-t-elle, quand on est malade, on ne fume pas comme ça! Pompon, tu es un vilain et un menteur!

Pompon se contentait de remuer tristement la tête et considérait le parquet. Mais je sentis qu'il étouffait d'un irrésistible rire intérieur. J'essayai de sauver la situation.

– C'est par habitude! dis-je. Il n'a plus de goût à fumer. De temps en temps il en respire l'odeur, et se souvient des jours robustes où il en tirait de longues spirales...

– Comment? dit-elle. Me prenez-vous pour une imbécile? Touchez cette pipe! Elle est encore chaude!

Je fus très embarrassé. Mais Peluque se montra à la hauteur des circonstances : il secoua la tête d'un air désespéré, et de ses lèvres molles, il laissa tomber ces mots :

– La fièvre... c'est la fièvre...

Je le regardai, hélas! Il éclata de rire, et je vis que tout était perdu.

Alors, le philosophe me révéla tout son génie; la scène qui suivit fut ineffable : très certainement, la reproduction que j'en vais tenter restera bien au-dessous de cette bizarre comédie.

Peluque arrêta net son éclat de rire et rabattit son chapeau sur ses yeux. Puis, d'une voix étouffée, il dit :

– Pompon, tu me fais rire quand je n'en ai guère envie. Tu es comme toutes les femmes. Pompon! Tu n'as pas de cœur. Tu veux que je meure, je le sais. Alors tu viendras danser sur ma tombe, et tu voleras des fleurs à mes couronnes pour la boutonnière de ton amant... Va, tu n'auras pas longtemps à attendre!

« Un matin, tu verras arriver Panier... Il sera triste

(parce qu'il m'aime, lui, Panier), il sera lugubre. Il aura peine à retenir ses larmes. Il s'assiéra sur cette chaise, là, près de la cheminée et, d'une voix entrecoupée de hoquets, il te dira : « Il est mort. Jusqu'au moment suprême il a eu votre nom sur les lèvres. Il a utilisé son dernier souffle pour murmurer : " Pomponnette... " » Alors, au fond, comme tu n'es pas mauvaise fille, tu seras un peu triste, comme l'autre jour, quand tu as perdu ton chien...

Pomponnette ne riait plus; elle pâlissait à vue d'œil, car Peluque parlait d'une voix lugubre, avec des gestes lents et un regard d'une infinie douceur.

– Devant ma porte, on suspendra les draps noirs, les draps irréparables... En haut, au milieu, mes initiales : I.P., comme dans mon chapeau (il montrait l'intérieur de son canotier). Tu viendras peut-être signer sur le registre au fond du corridor... Il n'y aura guère de monde, car je ne suis que le plus indigne et le plus humble des philosophes... Et voici les croque-morts! Dieu! Comme leurs souliers sont bien cirés! Il y en a un qui fume un cigare italien. Pourvu qu'ils ne me laissent pas tomber dans l'escalier! Ah! cria-t-il soudain d'une voix déchirante, je ne veux pas qu'ils m'emportent! Je ne veux pas!

Il se tordit les mains. Son regard d'halluciné, sa voix étrange donnaient à la scène une réalité véritable. Pomponnette poussa un grand cri de terreur, et le saisit à bras-le-corps.

– Ce n'est pas vrai! Ce n'est pas vrai!

Il la repoussa violemment, retomba dans le fauteuil et reprit :

– Voici le cimetière... Voici des monuments somptueux. Voici d'orgueilleuses épitaphes. Le cortège défile. Il s'en va chez les pauvres... Il arrive. Il est arrivé devant une fosse béante. Ma fosse! Elle est profonde, dans la terre rouge. On descend le cercueil avec des cordes... On entend des heurts, des coups sourds...

« Et tout à coup, un son retentit, lugubre, étouffé, profond! C'est la première pelletée de terre... Le prêtre s'enfuit... Les mottes épaisses s'écroulent, roulent, s'entassent... Peluque est enterré... Son visage est figé dans la mort... Et quelle épitaphe? Simple et vraie : « Passant, celui qui repose ici n'aima qu'une femme et n'en fut pas aimé. »

A ces mots, Pomponnette, dont le visage était agité de tics, fondit en larmes, avec des sanglots nerveux et d'irrésistibles hoquets. Peluque profita du moment où elle cachait son visage entre ses mains pour cligner de l'œil diaboliquement, et d'une voix sarcastique et martelée, il dit :

– Elle fait semblant de pleurer!

Certes, tout ce discours était loin de nous mener au but visé : car, enfin, il s'agissait de calmer l'amour de cette fille et de la préparer à une rupture silencieuse. Mais je ne songeais pas à protester. Je goûtais avec Peluque un plaisir étrange : celui qu'un homme ressentira toujours en voyant pleurer une femme au corps désirable : plaisir cruel et sauvage, mêlé d'un remords délicieux.

Mais Pomponnette se leva tout à coup et nous laissa voir son visage; il était trempé de larmes et pourtant elle riait, follement, à cœur joie, d'un rire bizarre encore coupé de quelques sanglots.

– Que je suis bête! dit-elle. Je sais bien que ça n'est pas vrai ce que tu dis; je sais que tu n'es pas malade : mais ça me fait une drôle d'impression, ta manière de dire les choses... Tu es méchant, tu sais! Mais quand même j'aime bien de pleurer comme ça. C'est comme au cinéma.

Elle sourit, essuya ses larmes légères et dit :

– Tu es un fameux menteur. Moi, je ne te comprends pas. A propos, tu sais que je vais me marier?

Peluque eut un haut-le-corps, puis un regard stupéfait. Il ricana.

– A propos, n'est-ce pas, Panier? Tout à fait à propos! Je l'aime, j'en meurs sous ses yeux, et tiens! A propos! Je vais me marier!

– Mais, mon ami, dit Pomponnette, tu ne penses pas que ça pouvait durer toujours cette vie. Toi, tu te promènes toute la journée, et quand tu rentres chez toi la table est mise. Tandis que moi, je travaille du matin au soir et je fabrique des robes pour les belles dames, et je gagne tout juste de quoi payer ma pension! Je veux rester honnête, n'est-ce pas? Je ne veux pas faire « la vie ». Il fallait bien que je me marie!

Le philosophe changea de physionomie. La farce était terminée, et je vis qu'il était vraiment furieux.

– Et tu as trouvé une poire? dit-il d'une voix agressive. Mes félicitations! Mes meilleurs vœux!

– Tu as tort de te fâcher, Pompon, je t'assure. Ce

que je fais est bien naturel! Cet homme n'est pas une poire. Il est très riche.

– Quelque vieux gibier de correctionnelle! dit Peluque. Quelque satyre emphysémateux, qui t'a fait croire qu'il était riche!

– Il a des maisons! dit Pomponnette avec fierté. Il a sept maisons à Marseille. Il m'a promis un collier!

– De culs de bouteille! dit Peluque.

– Pas du tout! Il me l'a montré! Il était à sa première femme, qui était une femme très bien.

– Ça te fait plaisir de succéder à une femme très bien? dit le philosophe, sarcastique. Ah! Il avait une femme très bien! Eh bien, tu sais, ça va le changer!

Pomponnette se tourna vers moi et me prit à témoin.

– Enfin, monsieur, dit-elle, comment trouvez-vous ça? (Elle montra Peluque.) Il n'a pas le sou; il ne veut pas travailler; il ne veut pas m'épouser. Il ne m'aime pas puisqu'il voulait me faire croire qu'il était malade pour me plaquer plus facilement. Et, avec ça, il ne veut pas que je me marie! Pompon, tu n'es pas raisonnable!

– Irénée, dis-je, Mademoiselle a raison! Tu n'as point de bon sens. Il est de votre intérêt à tous les deux que ce mariage se fasse. Séparez-vous donc à l'amiable.

Mais le philosophe se leva soudain, et, saisissant Pomponnette par l'épaule, il s'écria :

– Comment s'appelle-t-il, ce saligaud? Où loget-il, ton vieux sodomiste? Que je ne le rencontre jamais, parce que je lui fourrerai ça dans les côtes! Ah! Tu veux te marier! Eh bien, je serai le garçon d'honneur, et c'est moi qui tiendrai les grandes orgues!

Il eut une véritable explosion de dégoût.

– Te marier! A-t-on rêvé de ça! Pomponnette se marie!!! Regarde-la donc, Panier! Regarde cette figure, et dis-moi si ça a l'air d'une femme mariable! Il a donc la cataracte, ce vieillard?

– Il n'est pas vieux, dit Pomponnette avec fierté. Il a quarante ans!

– Quarante ans! s'exclama Peluque violemment, et sans que l'on pût comprendre le moins du monde ce qu'il reprochait à ce chiffre. Quarante ans! Pompon, tu es une menteuse, une pierreuse, une grue! Entends-tu? Tu es un chameau! Et encore! Il est bon, le chameau! Il a de grands pieds; il court, il a un estomac plein d'eau... Mais toi! Tu n'as rien. Tu es l'infamie vivante! Et puis il vaut mieux que je m'arrête. Je finirais par te dire des injures.

Pomponnette écoutait ces épanchements d'un air satisfait; la fureur sincère du philosophe la remplissait de joie.

– Écoute, dit-elle avec un grand calme, je puis te jurer que je t'ai beaucoup aimé. Tu n'es pas beau, mais tu es gentil, tu es étonnant, et tu racontes drôlement les choses...

Le philosophe s'assit au bord d'une chaise et dit d'une voix coupante :

– Ce qui me touche vivement dans ce discours,

c'est d'abord ce passé indéfini : « Je t'ai beaucoup aimé. » Ce temps s'emploie pour exprimer une action terminée depuis peu. Ce qui me frappe ensuite, c'est l'explication des causes de cet amour. Il y a des gens que l'on aime parce qu'ils ont du génie. D'autres parce qu'ils sont beaux, d'autres encore parce qu'ils ont une belle âme. Moi, tu m'as aimé parce que je suis rigolo. Je suis le pitre séducteur. Je te remercie!

Il prit tout à coup une voix tragique.

– Malheureuse! s'écria-t-il, ô malheureuse! Tu ne m'as pas compris! Tu n'as pas vu sous ce masque de gaieté l'immense trésor de tendresse de mon cœur désespéré! Pour toi seule je le réservais, Pomponnette, pour toi que j'aimais comme une femme et comme un enfant! Va le trouver, ton imbécile, ton vieillard affamé, va, et compare à l'indulgence de ses appétits l'opulence de mon cœur! Non, non, ce n'est pas possible! (Il mit un genou en terre.) Tu ne vas pas détruire le beau rêve, le rêve naïf que j'avais rêvé...

Pomponnette l'écoutait avec un étonnement ému. Le philosophe jouait la comédie avec une si parfaite sincérité que j'en fus stupéfait.

– O rêve! Beau rêve! reprit-il sur un ton d'élégiaque; il était simple, il était jeune, il était, je l'avoue, bourgeois.

« J'avais vu au loin, dans une ville sans tramways, un petit collège où j'enseignais la philosophie. Et les enfants bien nourris, descendus des montagnes voisines, écoutaient en silence ma voix articulée... Sur la Grand-Place, aux antiques platanes, se dressait une maison... Notre maison... (Il regarda Pomponnette tendrement.)

« C'est une maison aux larges fenêtres, avec un long tapis de laine dans le vestibule, un tapis épais et soyeux. (Attention aux mites!) A droite, en entrant, la salle à manger : un beau buffet de noyer ciré, un dressoir, une table carrée sous un lustre orné de guirlandes de papier. Aux murs, des tableaux, et mes diplômes : mon certificat d'études, mon baccalauréat, mon diplôme de licence... Une servante vieille et catholique époussette chaque matin les cadres de plâtre doré... Sur la cheminée une pendule dorée, avec un berger qui joue de la flûte... Et sur un guéridon, là, dans ce coin, un bel album de cartes postales...

Pomponnette écoutait avec ravissement cette description, qui correspondait si exactement à l'idéal bourgeois de toutes les grues. Peluque s'anima, ses yeux s'amincirent, sa voix devint confidentielle.

– Là-bas, au fond, notre chambre. Il y a des rideaux de claire mousseline autour du grand lit de noyer verni. Il est spacieux, il est profond, il est silencieux et doux... En face du lit, l'armoire à glace. Elle a deux portes, on s'y voit quand on est couché. Dans ses flancs quelles richesses elle recèle! Les culottes, les petites chemises brodées, les soutiens-gorge, les corsets, les combinaisons de batiste et de nansouk... Tout ce qui enveloppera le corps adorable... Ah! Pomponnette! Si tu avais voulu!

Il secoua mélancoliquement la tête.

– Si tu avais voulu!

Cette fille se leva soudain et lui prit la main.

– Pompon, dit-elle, tu es drôle. Moi, je t'aime beaucoup, mais je ne t'ai jamais compris. Maintenant tu dis ça, et puis, tout à l'heure, ce sera autre chose.

– Dieux! dit le philosophe d'une voix tragique, grands dieux! Elle doute de moi! C'était le châtiment réservé à mon scepticisme : j'ai douté de tout, celle que j'aime doute de moi...

Pomponnette prit tout à coup une grave résolution.

– Pompon, dit-elle, jure-moi de m'épouser, dis-moi la date du mariage, et je renverrai mon fiancé.

Le philosophe se leva triomphant. Il attira la jeune femme et lui donna mille tendres baisers.

– Je le savais bien, disait-il, je le savais, va, qu'un amour ne pouvait s'oublier... Mais oui, je t'épouserai! La date? Nous sommes aujourd'hui le 2 juin. Eh bien, ce sera pour le 30!

Pomponnette battit des mains.

– Ce sera pour mon anniversaire! criait-elle. Mon anniversaire!

Nous étions, évidemment, au comble du burlesque. Au lieu de consommer la rupture, ce fou s'engageait dans d'inextricables promesses; au lieu de navrer cruellement cette fille, le philosophe la comblait de joie; le rôle de consolateur m'était ainsi retiré. J'intervins donc une seconde fois. Je parlais au nom de l'amitié, du bon sens et de la jalousie : c'est pourquoi je parlais avec une grande autorité.

– Tout cela est bien joli, mais il me semble que quelques objections se présentent d'elles-mêmes.

J'eus l'impression que le regard de Pomponnette devenait inamical.

– Peluque prétend qu'il a vu un petit collège, une petite maison, et un tas de petites choses touchantes. Il faut vraiment qu'il soit presbyte et que sa vue se porte fort loin.

– Et pourquoi donc? dit Pomponnette. Le 30 juin...

– Le 30 juin, il sera à la veille d'être collé à la deuxième partie de son baccalauréat. Si ce mariage avait lieu à cette date, il manquerait, dans votre salle à manger, la majeure partie des diplômes qui en doivent être l'ornement...

Peluque me lança un regard véhément, mais je continuai :

– Il est hors de doute que vous vous marierez le 30 juin; il reste à préciser le millésime de l'année qui verra cet heureux hymen. Pour moi, puisque vous avez tenu à avoir mon avis...

Peluque se tourna vers moi brusquement, et dit :

– Toi, tu nous...

Je fus abasourdi.

Pomponnette me regardait de travers; agressive, elle s'écria :

– Aussi, quand tu viens ici, pourquoi amènes-tu des étrangers? Surtout celui-là. Il a une tête de Judas!

Ma fureur enfin utilisa ma voix.

– Vous êtes deux malheureux, m'écriai-je; toi, Peluque, tu n'es qu'un saltimbanque et un dégénéré. Tu es mou comme une bouse, et je te prédis une fin lamentable. Dans tous les cas, qu'il ne t'arrive plus de compter sur mon amitié, dont tu abuses indignement. Quant à vous, dis-je à cette grue, je vous méprise, et je vous tiens pour une catin banale; et puisque vous parlez de Judas, vous saurez qu'il était le plus beau des douze apôtres, et qu'il n'avait pas comme vous cet angle facial de trente degrés, qui caractérise les poissons et les idiots.

Ayant pris mon chapeau, je m'en fus rapidement. Cette fille, étranglée de colère, me poursuivit. Je me hâtai sans qu'il y parût trop. Ma sortie ne fut pas une fuite, mais le départ d'un homme digne, bien que pressé.

On ne put m'atteindre. Toutefois, tandis que je m'enfonçais dans la nuit de l'escalier, cette malheureuse se pencha sur la rampe, et cria :

– Tu cours, hé, saligaud? Tu as la trouille? On est plus poli que toi, saleté!

Ces apostrophes véhémentes se prolongèrent pendant que je descendais les trois étages. Je ne les reproduis point in extenso, car je ne les pris pas en considération.

Le fiacre attendait toujours. Je m'assurai que Peluque l'avait bien payé pour la journée, et, par manière de vengeance, je mis à profit cette location. C'est ainsi que, renversé sur les coussins, je promenai mon amertume tout autour de la Corniche.

8

LE lendemain matin, au lycée, je ne vis point le philosophe, mais je causai longuement avec Grasset.

– Bah! me dit le poète, laisse-le faire. Qu'il épouse cette Pomponnette ou la femme aux trois cent mille francs, il sera toujours heureux, car il porte en lui le bonheur. Assiste en spectateur à cette comédie. Je te la promets savoureuse et variée. Quand le beau-père apprendra la vérité, nous verrons Peluque boxeur, puis Peluque jaloux... puis Peluque marié, puis cocu... Que ne verrons-nous pas!

Par une transition habile, il me récita son dernier poème, qui n'était point gai.

L'après-midi, je n'avais rien à faire en classe. Vers les deux heures, je passai sur la Plaine.

Je vis de loin Peluque. Il jouait à la marelle avec un petit cireur. Cet étrange partenaire, que l'on appelait Bouchon à cause de sa taille exiguë, était vêtu, ou plutôt drapé, d'habits immenses.

Sa veste formait des plis si amples qu'elle avait toujours l'air d'être suspendue à un clou. Ses manches ne laissaient voir que l'extrémité de ses mains, munies, mais non point ornées, d'ongles noirâtres. Quant à sa culotte, elle montait jusqu'aux aisselles, où des ficelles de couleur, croisées sur sa poitrine, la retenaient.

Le jeu de la marelle est fort simple. On trace sur le sol un grand rectangle, que l'on divise en cases égales. Il faut ensuite faire passer d'un compartiment à un autre une pierre plate. Cette opération s'accomplit selon certains rites, en sautant à cloche-pied.

Quand je parus, Bouchon, les mains dans ses poches, un mégot viril au coin de la lèvre, surveillait les évolutions de son adversaire; ses sourcils froncés attestaient une sérénité méfiante.

Cependant, le philosophe, ayant retroussé le bas de son pantalon, tenait à la main son canotier, qui décrivait de grands cercles chaque fois que l'équilibre était compromis. Il sautait légèrement, tandis que les pans de sa veste, alourdis par les livres qu'il avait dans sa poche, suivaient avec des soubresauts ridicules la fuite de son maigre derrière.

Quand il me vit, il fit un bond gigantesque, afin d'attirer mon attention; mais je détournai la tête, et je m'en fus chez Hippolyte.

J'y trouvai Bleu, qui menait rondement une partie de piquet. Je n'ai jamais su pourquoi on l'appelait Bleu, car il était gras et rose. Il jouait contre Fausset, spécialiste réputé; car, à seize ans, il donnait déjà de belles espérances par son habileté à faire sauter la coupe.

Près d'eux, Lemeunier et Grasset poussaient des pions sur un damier; Lagneau suivait d'un œil de connaisseur leurs successives manœuvres.

Je serrai diverses mains, et déjà je commençais à prévoir la fin de cette partie lorsque, à travers la glace, je vis venir Peluque. Il agitait à bout de bras un trousseau de clefs.

– Tiens! dit Lemeunier, Peluque a trouvé des clefs!

Grasset, ayant poussé un pion en vue d'une astucieuse combinaison, leva la tête et dit :

– Où a-t-il trouvé ces clefs? Elles appartiennent peut-être à quelque pauvre femme qui n'a pas pu ce matin rentrer chez elle...

Il tourna vers moi un œil fatigué. Cependant, Lemeunier, poussant un cri de triomphe, lui raflait quatre pions et couronnait une dame.

Peluque entra et, agitant à bout de bras son trousseau, il s'écria :

– Qui vient avec moi chez le beau-père?

Cette question nous étonna. Bleu, qui venait d'ajouter à son compte quarante de capot, demanda :

– N'y a personne chez lui?

– Personne, dit le philosophe. Ils sont à la campagne.

– Comment as-tu volé ces clefs? demanda Grasset qui me parut aigri par la perte de ses pions.

– On me les a confiées, répliqua Peluque. Je dois aller demain matin ouvrir la porte à la femme de ménage. Qui veut m'accompagner maintenant?

– Que fera-t-on? dit Lagneau.

– On boira du cognac. On mangera des confitures. On fumera du bon tabac gratis. On jouera du pianola et du phonographe.

Ce programme parut intéresser Bleu, Fausset et Lagneau.

– On y va, dit Bleu.

– Pour moi, dit Grasset, je suis assez disposé à vous suivre. Toutefois, je vous prierai d'observer mon attitude dans les appartements de cet homme. Je me propose, en effet, de ne point boire de cognac, de ne point goûter aux confitures et de respecter le tabac. De cette façon, lorsque le moment sera venu, vous pourrez témoigner devant les tribunaux que je n'ai été qu'un simple spectateur pendant le pillage de cette maison.

Il se leva et, comme je ne bougeais pas, il dit :

– Viens-tu, Jacques?

J'étais assez curieux de voir les appartements de cet homme. Malgré les affirmations de Peluque, toute l'histoire de la fiancée bien dotée flottait dans mon imagination sans aucun support matériel. Le témoignage de nos sens, ne portât-il que sur un détail insignifiant, ajoute beaucoup sur la réalité d'un récit. Je désirais donc vivement pénétrer dans la maison opulente. D'autre part, ma dignité m'obligeait à ne point me raccommoder trop vite avec l'inconstant philosophe. Je fis donc mine de refuser. Mais Peluque vint à moi, et me dit :

– Jacques, il importe que tu viennes. Je ne t'en veux pas de ce qui s'est passé hier. Tu m'as laissé dans les bras de l'amour, toi qui avais promis de me sauver... Tu t'es dérobé par une fuite piteuse aux obligations de l'amitié...

Je balançai un instant, ignorant si j'allais l'assommer avec la carafe voisine ou si j'éclaterais de rire.

– Et d'ailleurs, reprit-il, tu as peut-être bien agi, et ta défaillance est explicable.

– Peluque, dis-je d'un ton inamical, la farce est terminée. Laisse-moi la paix.

Il changea de ton.

– Jacques, je t'expliquerai... Je te ferai comprendre... Je te ferai toucher du doigt...

– Tu t'es moqué de moi. Tu m'as mis à la porte et tu as permis que cette fille m'appelât Judas.

– Toi qui es l'intelligence, toi qui es l'esprit, tu ne saurais en vouloir à Pomponnette, qui est la matière. J'ai eu des torts. J'en conviens, je l'avoue; *mea culpa, confiteor*. Mais ma manière d'agir fut d'accord avec nos décisions. Que diable! Il faut un peu de logique dans la vie! Nous avions résolu de plaquer Pomponnette. Or, hier, pouvais-je la plaquer! Eh non! C'était elle qui me quittait! C'était le contraire!

« J'ai vu tout de suite la seule solution. Il fallait reconquérir Pomponnette, pour pouvoir la plaquer ensuite! Je l'ai reconquise. Le plus dur est fait.

Cependant nos compagnons donnaient des signes d'impatience. L'amour-propre ne peut prévaloir contre une vraie tendresse : Peluque m'entraîna, et une fois de plus je lui pardonnai.

Nous arrivâmes en groupe à la porte du capitaine. Peluque, avec simplicité, fit tourner la clef dans la serrure, et nous entreprîmes l'ascension de l'escalier. Le philosophe marchait en tête. Je le suivais de près. Derrière moi venaient dans l'ordre Lagneau, Fausset, Grasset et Bleu. Le capitaine habitait au troisième étage. Comme nous passions devant la porte du premier, Lagneau saisit le cordon de la sonnette particulière et demanda :

– On sonne?

Grasset s'indigna.

– C'est une plaisanterie de gamins! dit-il.

Mais, comme Lagneau tenait le cordon d'un air perplexe, Bleu et Fausset crièrent :

– Tire! Tire!

Grasset se précipita et voulut forcer Lagneau à lâcher prise, Bleu, qui riait de tout son cœur, s'efforça de passer entre eux. Soudain, Grasset perdit l'équilibre et tomba à la renverse; comme il venait de s'emparer du cordon, il l'entraîna dans sa chute. Le timbre retentit avec force, et la tresse de laine se rompit.

Peluque s'envola vers les étages supérieurs. Je le suivis légèrement. Lagneau et Bleu nous rejoignirent, tandis que Fausset, jugeant son retard considérable, redescendait en grande hâte vers la cave.

Quant au poète, sa situation était fâcheuse. Par l'effet de sa chute, il se trouva à demi couché en travers des marches, tandis que l'une de ses jambes, passée entre les barreaux de la rampe, pendait dans le vide. Il tenait à la main le gros pompon de laine verte et l'égarement était peint sur son visage.

La porte s'ouvrit, un gros homme parut. Il considéra ce spectacle avec stupeur et dit :

– Que signifie? Est-ce que par hasard? Dites donc? Le commissaire de police n'est pas loin!

Grasset ne répondit pas, tant sa fureur était mêlée de surprise et de crainte. Péniblement, il se tira de la rampe et se mit debout.

– Monsieur, dit-il enfin, croyez bien qu'un accident imprévu...

A ce moment le gros homme leva la tête et vit nos quatre faces alignées au bord de la rampe, à l'étage supérieur. Il fit un pas en arrière et referma la porte avec violence. On entendit un déclic de verrous, un cliquetis de pênes et le ferraillement d'une chaîne de sûreté. Puis, un grand silence. Grasset s'élança à notre poursuite et nous rejoignit sur le paillasson du capitaine.

– Quelle gaminerie grotesque! disait-il. Est-il possible à votre âge! Sans compter que cet homme nous a pris pour des voleurs et qu'il va très certainement appeler la police!

Nous ne prêtâmes aucune attention à ces paroles. Pour moi j'étais occupé par l'examen du vestibule.

Un tapis d'une épaisseur admirable baignait nos pas de sa mollesse répandue. Une lanterne en fer forgé, pendue au plafond, laissait tomber la clarté des lampes renfermées dans ses flancs, tamisée par une soie bleue. De hautes tentures de velours rouge drapaient les murs. Vraiment, on se sentait chez de grands bourgeois.

Le salon, dans lequel nous pénétrâmes, était plus

riche encore. Peut-être un peu trop riche. Trop de bois doré... Trop de bibelots précieux...

Peluque s'installa commodément dans un fauteuil Louis XV, et avec un geste de propriétaire :

– *Make yourself at home!* dit-il.

Fausset entra sur ses mots, riant encore de la bonne aventure.

– Vous voyez ce salon? dit Peluque. Vous voyez ce luxe? Et vous pensez sans doute que l'homme qui vit dans de tels appartements est un homme heureux d'étaler sa richesse? Détrompez-vous.

Il se leva et, ayant tiré d'un meuble une bouteille et quelques verres, il se mit en devoir de les remplir.

– Détrompez-vous! reprit-il. Mon beau-père est un sage! Il hait les tentures, les brocarts et les tapis! Cette pièce que vous admirez, et ce vestibule que vous admirâtes, sont des concessions à la bêtise de nos contemporains.

Il fit le tour du salon, portant avec précaution le plateau d'argent sur lequel nous prîmes nos verres.

– On juge les gens sur leur fortune. On juge la fortune comme le respect à l'armée : sur les marques extérieures : le luxe des appartements, la richesse des toilettes. Le capitaine, qui a les goûts simples de Diogène, ne méprise pourtant point la maxime de Descartes : « Il faut être de son temps et de son pays. » Chaque fois qu'il paraît en public, il atteste, par les vêtements de sa femme ou de sa fille, l'importance de sa fortune. Chaque fois qu'il reçoit chez lui, il prouve par le luxe de ce salon la pléthore de ses coffres... Mais dès qu'il est libre! Ah! Mes amis! Quelle simplicité familière! Quel amour de... Je dirais presque de la pauvreté! Ils prennent leurs repas à la cuisine; ils couchent dans des lits ancestraux. Il n'est pas de savate qui ne soit éculée, il n'est pas de culotte trop fripée; pas de vestons trop défraîchis! Buvons à la sagesse du capitaine!

Ce que nous fîmes de grand cœur.

Puis Lagneau joua sur le pianola une rhapsodie de Liszt, tandis que Bleu rapportait de la cuisine des pots de confiture.

J'inspectai la maison. Je vis la chambre des filles. Deux petits lits de fer, un crucifix, une commode de bois blanc, et sur une table, en guise de cabinet de toilette, un plat de fer émaillé, à demi plein d'eau sale. Un peigne gras et chevelu traînait sur une chaise. Dans la cuisine, une marmite contenait les débris figés d'un bœuf à la daube. Des fourchettes de fer jonchaient l'évier de leurs maigreurs noirâtres.

Ce spectacle ne me remplit point d'admiration pour la simplicité du capitaine, mais bien plutôt de dégoût. Je songeai :

« Cet homme n'est pas un sage qui méprise les richesses. C'est un parvenu qui aime à se vautrer dans l'atavique saleté. Ces pantoufles éculées, ces chambres misérables sont sans doute précieuses à son cœur de paysan enrichi. Il ne sait pas, il ne peut pas jouir de sa fortune! »

Et je déplorais dans mon cœur l'inepte répartition de l'or sur notre planète...

L'après-midi fut épique. Deux bouteilles, d'abord

emplies d'un vin de Malaga fort noir, retrouvèrent en peu de temps leur transparence inhabitée. Les pots de confiture, dépouillés de leurs coiffes de parchemin, furent en état de flotter sur l'eau.

Lagneau, au cours de ses recherches, découvrit un bas à demi tricoté, dont la belle-mère en avait agencé les mailles, et muni des aiguilles il dénigra ce travail, et le déclara irrégulier. Il se vanta d'être fort habile en ces sortes d'ouvrages, et nous fit part de son dessein.

Il allait, à la manière des Einzelmannschen dans les contes allemands, achever ce bas avec une célérité minutieuse. La belle-mère en aurait une surprise agréable, et serait ainsi petitement dédommagée pour la disparition des confitures.

– Seulement, ajouta-t-il, il me faudrait un crochet, car les aiguilles ne valent rien pour un travail de ce genre.

Il disparut dans la chambre, à la recherche de cet instrument.

Tandis que Peluque, Grasset et moi-même, vêtus de draps de lit, interprétions plusieurs scènes de *Britannicus,* en imitant M. de Max, Lagneau s'appliquait en silence. Au bout d'une demi-heure il leva vers nous un front découragé.

– La laine est mauvaise! dit-il. Elle n'a pas été décatie, tu comprends? Alors...

Il nous montra les résultats de son habileté. Il avait ajouté à l'ouvrage de la belle-mère une sorte de frange monstrueuse, aux mailles énormes, et si inextricablement enchevêtrée qu'il nous fut impossible de la défaire.

Peluque parut alarmé de ce résultat; puis, constatant soudain qu'un effroyable désordre régnait partout, il dit avec inquiétude :

– Il faudrait ranger tout ça!

Il donna l'exemple, et nous essayâmes d'effacer les traces de notre passage. Toutefois il fut impossible de remplir les pots de confiture malgré une ingénieuse suggestion de Bleu; le bas ne put être remis en état, et le tapis, brûlé par des bouts de cigarettes, nous parut proprement irréparable.

Vers sept heures, nous quittâmes cette hospitalière demeure.

Lagneau, Fausset et Bleu rentrèrent chez eux. Je restai quelques minutes sur la Plaine, causant avec le philosophe et le poète.

– Jacques, me dit Peluque, je vois que ton ordinaire gaieté s'est ranimée. Tu ne m'en veux plus, car tu sais maintenant que je serai riche un jour. Permets-moi donc de te parler de mes intentions vis-à-vis de Pomponnette et de Lucie.

– Parle, si tu veux, m'écriai-je, mais ne compte plus sur moi pour quoi que ce soit!

– C'est entendu, dit-il, c'est compris! C'est réglé, pour Pomponnette, je puis maintenant la quitter. Toutefois, je me suis accordé un répit de quelques heures; je lui ai fait la promesse de la conduire au cinéma après-demain jeudi... En galant homme, je dois tenir ma promesse, je dois la tenir, tu en conviendras! Mais jeudi soir, à sept heures très précises, je te jure par les dieux que la rupture sera un fait accompli!

Je haussai les épaules.

– Irénée, mon ami, nous savons tous les trois ce que valent tes promesses. Abandonnons tout de suite un sujet stérile et allons nous asseoir sur le banc voisin, où avant de nous séparer, Grasset nous lira son dernier poème.

Et sur le banc vert et confortable, sous le feuillage frais de platanes où pépiaient les moineaux du soir, nous prîmes place tous les trois. Alors Félix-Antoine Grasset tira de sa poche une feuille de papier affaiblie. Puis, préludant à sa lecture par une légère torsion de la bouche, il modula le poème suivant :

Dans la cour, sur les arbres sombres
Tapote, insistante, la pluie.
Les poings aux tempes, je m'ennuie.
Toute la classe est pleine d'ombre.

Un type au tableau fait un thème.
L'agrégé se cure les dents
En nous exposant le meilleur système.
O Colette, comme je t'aime!
Tu es dedans; je suis dedans.

Sans doute à ton conservatoire,
A pincer la tripe des harpes...
Ah! Tout ce latin natatoire
Sur mon pauvre cœur en écharpe...

Je songe toujours aux vacances :
Rendez-vous aux croix des chemins...
Tes cheveux noués d'une ganse
Noire, et ton bracelet qui tombait sur ta main...
La mince cloche ridicule
Sonnait vieillottement la prière à Marie;

Moi, j'étais fou de crépuscule,
De romarins nouveaux et de menthe flétrie...
Je touchais tes cheveux dorés
En tremblant de joie et d'orgueil...
O tes petits seins neufs contre mon cœur serrés...
Le soleil couchant en était carré...
Agrégé, tu fais un sale œil.

Tu es savant. Mais si tu crois que tu m'épates,
Non. Je te plains, lexique à pattes!

Il me regarde. Zut et zut!
Il va me pousser une colle.
Quoi? Supin? Gérondif? Subjonctif avec ut?
(Dieu! Qu'apprend-on dans ces écoles!)
Mais non. Il se ravise. Il a changé de but.
Il m'abandonne au rêve où je me vautre,
Et postillonne vers un autre...

J'étouffe. Le regret me crève.
(Et je te dois ça, Bonaparte!)
Les mille abeilles de mes rêves
Heurtent en vain les murs tout mesurés de cartes.

Et dehors, le garçon au cerveau trop petit
Attend, sur son balai penché.
Car dès que nous serons partis
Il caressera le plancher.
Près de lui, je vois sa poubelle.
Il est sale. Alfred il s'appelle.
Soudain – bing! –, il lâche sa pelle...

Elle sonne dans le silence.

Et moi (un son pareil, si proche),
Ça se mêle dans ce qu'on pense.
Mon cœur se fond. Le mur sinistre s'effiloche :
Je viens d'entendre, au cœur sanglant du soir
[immense,

Cette vieille petite cloche
Qui sonnait pendant les vacances...

9

LE lendemain, je sortis du lycée à quatre heures en compagnie de Grasset.

Toute la journée, le poète s'était exercé à contrefaire l'écriture de sa mère; puis il avait rédigé un billet par lequel cette digne femme se disait alitée et priait M. le censeur de laisser sortir à quatre heures son fils Félix-Antoine.

Le poète avait présenté ce papier en tremblant; M. le censeur le prit en souriant, et ne repoussa point la requête d'une mère égrotante. Mais Grasset tremblait encore de joie et de remords.

– Jacques, me dit-il, tandis que nous montions la rue Sénac, le censeur accepta ce faux avec une facilité qui m'inquiète. Sans doute, il a feint d'être pris au piège, mais son sourire en disait long... Je crains qu'il n'ait envoyé chez moi un exprès pour aviser ma famille...

– Bah! dis-je, M. le censeur n'est pas si compliqué. Mais je sais ce qui te travaille : c'est le remords.

– Il y aurait beaucoup à dire là-dessus, s'écria le

poète. Crois-tu donc à l'existence de ce sentiment de regret douloureux qui suit une mauvaise action, et que nous décrivent pathétiquement les livres de morale primaire? Enfantillage! Puérilité! Examinons ensemble la légende de Caïn qui fuyait poursuivi par cet œil, devenu aujourd'hui l'emblème de tous les détectives privés. Sais-tu pourquoi Caïn courut si longtemps et si vite, dans son manteau de skunks et de vison? C'est parce qu'il venait de commettre son premier crime : il manquait d'expérience; il craignait de l'avoir mal commis; il songeait avec terreur qu'Abel n'était peut-être pas tout à fait mort, il redoutait sa vengeance. Le remords, c'est la crainte des conséquences, et rien de plus.

Cependant, nous arrivions sur la Plaine aux Belles Nourrices.

La vue d'une jeune fille remit le poète sur le chapitre de ses déboires amoureux.

Il me raconta par le menu l'histoire de la belle Suzon; comment il avait reçu le coup de foudre à la vue de ses yeux noirs et tendres comme un Nocturne de Chopin; comment il la suivait à trois cents mètres par les rues; comment il allait, chaque soir, regarder longuement les clartés de sa fenêtre. Il m'exposa ensuite les raisons pour lesquelles elle ne l'aimerait jamais.

– Je suis toujours mal vêtu, dit-il; j'ai une horreur profonde pour les costumes neufs, car ils me rendent plus ridicule encore. Mais tel que je suis, avec ce veston bleu marine constellé de taches, ce gilet trop grand, ces souliers informes, je ne suis point fait pour exciter l'amour. Et le costume ne serait rien. As-tu vu ma bouche? Elle est trop grande, et oblique. As-tu remarqué mes oreilles? Elles sont si écartées de ma tête qu'on les dirait suspendues par un fil aux bords pisseux de mon canotier... Sais-tu combien ils sont à lui faire la cour? Sept, mon cher ami!

Il énuméra ces prétendants et me traça leur portrait physique; il conclut à la supériorité de chacun d'eux sur lui-même. Il allait ensuite me vanter en détail les charmes de Suzon, lorsque le père Fromage nous appela.

Il se tenait sur le seuil de son magasin à la double vitrine. De part et d'autre, les belles mottes de beurre rêvaient sous des voiles de mousseline, comme font les jeunes épousées. Sous des cloches de verre, méditaient les banon et les saint-marcellin, qui me firent toujours songer à des philosophes : car leur impassibilité apparente cache le grouillement dévorant qu'ils renferment dans leur sein.

Le père Fromage, dans sa longue blouse blanche et sous un chapeau en pain de sucre, avait bon air. Son menton, triple et mou, se répandait sur son sternum; son ventre s'élançait dans une immobile allégresse, et ses petits yeux riaient de part et d'autre de son nez spongieux et bienveillant.

Il fit un pas vers nous, et dit :

– Dites donc... Vous le saviez, vous? Hein?... (Il cligna de l'œil.) Il vous l'a dit, hein?

– De quoi parlez-vous?

Il me donna dans les côtes des coups de coude confidentiels.

– L'Empereur, hein? A ce qu'il paraît qu'il est très riche! Qui l'aurait cru, hein? Mais vous qui le connaissez bien, vous devez savoir ce qu'il a comme fortune? A peu près?

– Ma foi, dis-je, je sais qu'il possède un rasoir mécanique, un stylographe à plume d'or, une bicyclette, et une bonne instruction secondaire. Je crois même qu'il a une mère!

Fromage pâlit, et prit une voix tragique.

– Ne plaisantez pas, qué? Non, ne plaisantez pas! Est-ce qu'il n'a pas des propriétés? Est-ce qu'il n'a pas une usine, sans compter quelques petites rentes?

– Vous faites erreur, dit Grasset. A moins qu'un héritage ne l'ait enrichi subitement depuis ce matin midi, heure à laquelle il m'emprunta vingt sous.

Fromage laissa tomber de ses lèvres, avec quelque véhémence, une série de malédictions. Puis, se tournant vers son magasin, il cria d'une voix puissante :

– Annulez la commande Ledru!

La caissière considéra quelques feuilles de papier et répondit :

– Elle est déjà partie. J'ai envoyé le commis.

Fromage croisa ses bras désespérément :

– Encore vingt francs de beurre de foutus! C'est tout de même un peu fort!

– Qu'arrive-t-il? demandai-je avec un très vif intérêt. Est-ce que vous connaissiez les rapports de l'Empereur avec ce M. Ledru?

– Si je connaissais! s'écria Fromage. Mais vous ne savez pas que ce capitaine est perdu de dettes? Vous ne savez pas qu'il me doit quatre cents francs de beurre, fromages et harengs fumés?

Mon étonnement fut grand. Grasset ricanait.

– Il doit à tout le quartier, reprit Fromage. Le boulanger, l'épicier, le boucher! Faites un peu le tour de la Plaine! Entrez dans n'importe quelle boutique! Depuis trois mois on refusait de lui livrer à crédit, tant qu'il n'aurait pas payé le reste! La semaine passée il est venu m'annoncer qu'il mariait sa fille avec un individu très riche, propriétaire de plusieurs usines. Il m'a demandé de patienter jusque-là. Il m'a signé des billets. Il doit payer après le mariage; dans trois mois, avec l'argent de son beau-fils!

Grasset éclata d'un rire sinistre.

– L'argent de Peluque! dit-il.

– Mais enfin! m'écriai-je, vous qui saviez que le fiancé était Peluque, empereur de la Plaine, comment avez-vous pu croire qu'il était riche?

– Tiens! dit Fromage, il ne fait rien! Il est toujours à se promener au soleil! Il est au café toute la journée! Après tout, on n'est pas forcé d'étaler son luxe quand on a de la fortune. Et puis, qu'est-ce que vous voulez, je l'ai cru! Un capitaine! Je l'ai cru!

Il commença d'interminables doléances.

– Il est fort, allez, cet escroc! Il met sur le dos de ses filles les quatre sous qu'il gagne. Il a un salon qu'on n'ose plus marcher, tellement c'est beau! Vous comprenez que, quand on va pour réclamer une note de cent francs et qu'il vous reçoit avec ces tapis, on n'a plus le courage, on n'insiste plus... On s'imagine...

– Fromage, dis-je, votre imagination vous a perdu. Permettez-moi de vous quitter afin de faire une courte enquête. Si vous voyez Peluque, ne lui dites rien encore...

– Si on n'avait que des clients comme ça, on ne ferait pas son beurre!

– Ici, je vous arrête! N'essayez point de nous faire croire que vous faites vous-même votre beurre, tant que des écriteaux multiples nous affirmeront, dans cette vitrine même, qu'il vient de Milan.

Ce disant, j'entraînai Grasset, tandis que cet homme respectable cherchait le sens de la dernière phrase.

Nous posâmes, discrètement, quelques questions à divers magasiniers; Fromage n'avait point menti. De longues listes sur de nombreux carnets portaient comme un chapiteau le nom de M. Ledru.

Grasset me fit part de sa surprise.

– Je ne m'étonne point, me dit-il, de l'audace de cette famille. Elle est naturelle. L'homme est un animal rusé. Je m'étonne seulement de la crédulité de ces commerçants : elle me paraît démesurée. Chaque jour on entend conter des histoires de ce genre. Il y a des gens qui doivent cinq cents francs au boulanger, et cent francs de moutarde à leur épicier. Je ne puis véritablement concevoir...

– Grasset, lui dis-je, écoute et souviens-toi. Il y a

de très nombreuses façons de s'établir dans la vie, et l'intelligence d'un homme se manifeste surtout dans le choix qu'il fait d'une situation.

« D'abord on peut devenir fonctionnaire, c'est-à-dire recevoir, en échange d'un travail facile, une petite part des sommes d'argent que nos concitoyens versent avec tant d'amertume sous forme d'impôts. On peut acheter un navire et faire du transport maritime. On peut lancer un produit pharmaceutique; on peut acheter un bar, un institut de beauté, une épicerie, un cinéma, mais on peut aussi – et c'est là l'établissement qui exige le moins d'efforts et de capitaux –, on peut aussi acheter un pardessus. J'entends un beau pardessus, et qui soit complété par quelques accessoires, tels que jonc à pomme d'or, monocle, feutre léger, étui à cigarettes, et stylographe bagué de platine. Il suffit d'environ deux mille francs.

« Considère un instant combien serait petit et vite épuisé le stock de nourriture que représente une pareille somme : on n'en vivrait pas six mois. Ton pardessus te permettra d'acheter à crédit (ô le beau mot!) pour plus de mille francs dans chaque magasin. Tu obtiendras des billets de faveur pour les théâtres, des permis de chemin de fer, et, pour peu que ton assurance personnelle soit au niveau du drap de ton costume, des gens te prêteront de l'argent! Et – ô miracle! – quand ton pardessus sera démodé, il n'est point de tailleur qui ne t'en fasse un autre à crédit! O Grasset, quel armateur fortuné possède un navire fournissant lui-même son remplaçant?

« Tu vas me dire qu'une telle façon de vivre serait promptement connue, et que ta réputation en souffrirait. Sois détrompé, ô poète : nos réputations les plus solides sont celles que nous font nos habits.

« Je conviens toutefois qu'il vaudrait mieux voyager beaucoup. Vas-tu m'objecter qu'une vie nomade est ennuyeuse? Fi! le casanier! Songe donc au commis voyageur et considère que le tenancier du pardessus n'aurait point, dans ses voyages, l'embarras et le souci de la malle aux échantillons.

Grasset cependant réfléchissait. Il prit place près de moi sur un banc et me dit :

– Cette histoire est lamentable. Quand Peluque et le beau-père vont savoir qu'ils se dupaient mutuellement, une scène violente éclatera. Ce capitaine me fait peur. Il a l'air d'une brute, et je le crois capable de se porter à quelque extrémité.

– Poète, dis-je, il faut avertir le philosophe. Le mensonge de l'usine, de la chimie, et tous les autres mensonges dont il n'a point manqué d'infecter cet homme ne sont pas encore découverts? S'il crie à la fraude le premier, il s'en tire à son honneur.

– Où le voir?

– Il est sans doute chez le beau-père, qui revint hier de la campagne; veux-tu que nous allions sonner là-bas? Nous n'aurons pas besoin de monter. Nous l'appellerons, il descendra, et nous l'avertirons.

– Si tu veux, dit Grasset. Mais ne crains-tu pas que le pillage de la maison...

– Bah! Nous ne verrons personne! Et puis, s'il

nous arrive de rencontrer le capitaine il ne nous mangera pas!

En silence, nous dirigeâmes nos pas vers la demeure de cet étonnant officier et, de temps à autre, Félix-Antoine Grasset éclatait de rire, en marchant sur l'extrême bord du trottoir.

10

AVEC une audace tremblante, je sonnai. Mais quand la porte se fut ouverte, nul ne répondit à mes appels.

Malgré les pressentiments de Grasset, j'entrepris l'ascension des trois étages. Il me suivit, sifflotant et secouant la tête.

Une femme d'une quarantaine d'années nous reçut sur le palier.

Elle était grande et grosse, irrégulièrement barbue, avec des yeux en fente de tirelire : on y eût à peine passé deux sous. Elle avait la tête collée au tronc, sans le moindre intermédiaire. Sa poitrine se gonflait, effroyable.

D'une voix grêle, elle dit :

– Que désirez-vous, messieurs?

– Je m'excuse de vous déranger, madame, mais si Louis-Irénée Peluque est ici, je serais heureux de lui faire une très importante communication.

A ce moment, nous entendîmes à travers la porte la voix du capitaine qui proférait une série de jurons.

– Il n'est pas venu aujourd'hui, messieurs, nous dit cette dame avec douceur. Mais il ne saurait tarder. Est-il arrivé quelque chose de fâcheux? Un deuil, peut-être? M. Legrand, son oncle, serait-il mort? Il nous avait dit que la santé de ce monsieur n'était pas très bonne...

Grasset ne put retenir une sorte de gloussement. Je me hâtai de parler.

– Non, madame, il ne s'agit point d'un décès.

A ce moment la porte du somptueux salon s'ouvrit. Un homme sortit. Il portait un costume noir et un melon à bords roulés. Il était brun, et avait un regard sinistre, le regard des gens capables de tout.

Le capitaine le raccompagnait! Il était fort rouge et respirait péniblement. Dès qu'il nous aperçut, il s'écria, d'un ton qui n'annonçait point l'amitié :

– Ah! Voici son cousin! Voilà le petit farceur! Ça tombe à pic. Entrez donc... On va s'expliquer!

Je ne fus qu'à demi rassuré. Toutefois, je n'en laissai rien paraître et, d'un pas digne, j'entrai dans le salon suivi de Grasset, qui ne riait pas, mais ne tremblait point.

Cependant l'homme brun sortait en disant des paroles de condoléances.

– Je regrette, monsieur... Je n'en suis pas responsable... J'ai fait de mon mieux!... Ce n'est pas ma faute si les renseignements sont mauvais... Croyez bien...

– Ça ne fait rien, ça ne fait rien, dit le capitaine en le poussant dehors... Je vous remercie tout de même. Pour la note, je passerai régler...

Il referma la porte en grommelant.

– Petit voyou! Petit saligaud!

Puis il entra dans le salon. Grasset, debout à côté de moi, le considérait d'un air froid.

Le capitaine mit les poings sur les hanches et, d'une voix retentissante, il dit :

– Alors, vous m'avez pris pour un imbécile?

Je ne savais pas au juste à quoi il faisait allusion et je me contentai de répondre :

– Je ne comprends pas ce que vous voulez dire.

Il me regarda, ironique :

– Vous êtes le neveu de M. Legrand? Ah! Vous l'avez visitée, l'usine? Vous avez vu le robinet de l'alambic, vous?

Il ricana. Puis, faisant un pas vers moi :

– Il n'existe pas, M. Legrand! Il n'y a pas d'usine, pas d'alambic, pas de chimie, pas même de licence! Il n'y a rien, rien! Il n'y a rien qu'un petit voyou, une fripouille de deuxième classe, un gibier de salle de police! Oh, mais! je le rattraperai, ne craignez rien! S'il croit que l'on se moque ainsi du capitaine Ledru! Je lui botterai les fesses, moi! Petit saltimbanque! Petit bluffeur! Et avec ça, maigre comme un clou!

Grasset toussota. Le capitaine fit quelques pas vers la fenêtre, puis il revint droit sur moi.

– Et vous, là, le cousin Panier, vous êtes un fichu menteur avec votre tête d'auxiliaire! Et une fripouille, une petite fripouille, entendez-vous?

Je demeurai fort calme et, d'une voix naturelle, je dis :

– Je vous serai très obligé de m'avertir lorsque

vous n'aurez plus rien à me dire, et que les injures même vous feront défaut. Puisque vous me prenez à partie, je puis, moi aussi, formuler quelques reproches.

Il me regarda avec stupeur et fit un pas en arrière. Une fureur subite le suffoqua et, d'une main tremblante, il déboutonna le col de sa vareuse.

– Galopin! dit-il d'une voix étouffée. Voyou!

– J'ai eu plusieurs conversations intéressantes avec les commerçants du quartier. La plupart de ces gens parlent de la couleur de votre argent comme d'une nuance imprécise, et rarement aperçue jusqu'à ce jour. Vous avez tant de créanciers qu'ils parlent de fonder une amicale. Je comprends mal, dans ces conditions, comment vous pourriez donner à votre fille trois cent mille francs de dot.

Le capitaine se leva avec un grand effort, la face enflée de fureur. Au même instant la porte s'ouvrit et sa femme, qui visiblement venait de risquer une otite en écoutant au trou de la serrure, marcha vers lui.

– Rigobert, dit-elle, avec un calme étonnant, tu n'es pas en état de discuter. Va te reposer, je t'en prie.

Le capitaine la considéra un instant, puis il s'écria :

– Tu as raison. Je ferais un malheur! Fous-les dehors!

Ce disant, il disparut dans la chambre voisine.

– En somme, messieurs, que désirez-vous? nous demanda sèchement son épouse.

– Prendre congé, madame, lui dis-je. Nous sommes venus pour voir Irénée. Il n'est pas ici. Permettez-nous de nous retirer.

– Messieurs, reprit-elle, je vous serais reconnaissante de l'avertir... de le mettre au courant que... Enfin, il vaudrait mieux qu'il ne revînt jamais ici. Cela éviterait une scène pénible. M. Ledru est très emporté. Il avait fondé sur ce mariage de très grands espoirs... Il sait aujourd'hui la vérité sur ce ridicule petit monsieur...

– Madame, dis-je, ce petit monsieur n'a pas tous les torts. Il vous en fit accroire, mais vous n'êtes point en reste. D'ailleurs, cette affaire n'est point mon affaire. Quoique je n'ignore pas que l'on avait promis à Irénée une dot de trois cent mille francs.

– Trois cent mille francs! s'écria Mme Ledru. C'est une erreur, un simple malentendu! Il est vrai que le capitaine avait coutume de dire : « En vous donnant ma fille, je vous donne une fortune... Au moins trois cent mille francs! » Il voulait dire par là que notre enfant valait un trésor. C'était une façon de parler. Et puis ce petit monsieur est un malhonnête homme. Il a une maîtresse, une certaine Pomponnette, une couturière, une rien du tout...

Je me tus prudemment.

– Je suis bien renseignée, poursuivit Mme Ledru. Les lettres anonymes et les agences ne mentent pas toujours. Il doit conduire cette fille demain à trois heures aux fauteuils de l'Apollo-Cinéma. Je l'avais caché à ma fille. Elle le saura tout à l'heure.

Depuis un moment, mon chapeau à la main, je m'efforçais de gagner la porte. J'y arrivai à la fin de cette phrase. Je saluai, je sortis. Le poète marchait littéralement sur mes talons.

. . . .

Quand nous fûmes dans la rue, Grasset, secouant la tête, haussant les épaules, et ricanant tour à tour, me dit :

– Te charges-tu d'annoncer tout ça à Peluque?

– Ce sera pénible, lui dis-je. J'ai résolu de ne plus me mêler à ses farces. Mais il me semble qu'en l'occurrence...

– En l'occurrence, interrompit le poète, je te prie de ne pas prononcer mon nom, si tu es assez sot pour te risquer là-dedans. Je regrette d'être allé chez ce capitaine. Je déplore d'avoir été le témoin de cette conversation. D'ailleurs, je n'avouerai jamais que j'étais avec toi. Je vais me créer un alibi. Dis ce que tu voudras, je te démentirai froidement. Et si j'ai un conseil à te donner, c'est de faire le mort, de te taire, de le clore, et de la fermer.

11

LE lendemain je ne pus voir Peluque ni Grasset; une névralgie douloureuse me retint dans ma chambre aux volets clos, avalant cachets, comprimés, pastilles, drogues et gouttes diverses.

Mais le surlendemain matin, ayant obtenu quelque répit à ma souffrance, je m'en fus sur la Plaine au coup de dix heures et demie.

La matinée de juin était belle. La jeunesse du jour d'été inondait de soleil la vaste place. L'air commençait à danser de chaleur, mais les platanes touffus faisaient un long tunnel d'ombre fraîche. Peu de monde : quelques vieillards, sur les bancs, étaient fort occupés à vivre. Des ménagères passaient en grande hâte.

Je m'arrêtai chez Hippolyte; j'y trouvai un billet de Grasset :

« Le beau-père a fait une scène au cinéma. »

Silence.

C'était bref, mais fort clair.

Je sortis sur la Plaine. A pas lents, j'allai jusqu'au banc de Peluque. Là, je me reposai avec délices, fumant une cigarette blonde dont les volutes bleues flottaient au soleil.

Je songeais au philosophe.

Ainsi, le beau-père l'avait surpris au cinéma?

Ça avait dû faire un petit scandale. Et Pomponnette? Elle assistait sans doute à la scène...

Décidément, j'avais trahi le devoir de l'amitié en gardant le silence. J'aurais dû prévenir Louis-Irénée. Quelle attitude allais-je avoir en face de lui? Lâchement, je résolus de continuer à me taire.

Le philosophe était sans doute au lycée. Il n'en sortirait pas avant midi. Je l'attendais, rêvant et fumant.

Je n'attendis pas longtemps. Vers onze heures je le vis venir du fond de la rue de la Bibliothèque. Son chapeau de paille penché en avant cachait ses yeux. Ses mains étaient plongées dans ses poches; il avançait d'un pas distrait et comme incertain.

Dès qu'il me vit, il leva les bras au ciel, puis joignit les mains. Il se mit ensuite à secouer la tête, et vint à moi d'un air désespéré.

Je fis appel à toute mon hypocrisie naturelle, qui est grande, et je pris un air très étonné.

– Que t'arrive-t-il, Irénée? N'es-tu pas allé au lycée ce matin?

Il me répondit par une pantomime accablée, levant plusieurs fois les yeux vers le zénith et laissant retomber ses bras comme des appendices privés de vie.

– Au diable le lycée, dit-il d'une voix sombre. Au diable les femmes, au diable les capitaines et les cinémas. Au diable les cochons qui offrent des billets de faveur...

Il prit place sur le banc.

– Si tu savais, Jacques! Si tu savais! La Némésis, vache envieuse, vient de laisser choir sa bouse dans la chevelure de mon bonheur.

Je simulai la stupeur avec un grand naturel.

– Que veux-tu dire? Joues-tu la comédie, ou bien te serait-il arrivé... Ah! j'y suis, m'écriai-je en me frappant le front. Le beau-père vient d'apprendre la vérité... Il sait que l'usine n'existe pas... C'était fatal, mon pauvre vieux...

– Non, Jacques... Ce n'est pas cela... Ton amitié aux intuitions délicates ne se trompe pas de beaucoup... Mais ce n'est pas tout à fait cela... Jacques, tout est perdu, tout est fichu, tout est foutu.

Cette gradation, du correct à l'inconvenant, fut accompagnée de grimaces diverses.

– Seul, le hasard m'a trahi. Tu vas voir comment les plans les plus ingénieux, les combinaisons les plus solides sont tout à coup renversés par le grotesque, par l'imprévisible hasard.

– Parle donc! Tu me fais mourir!

– Hier, je suis allé au cinéma avec Pomponnette, fille à demi publique, et qui rêve d'être dans le Bottin. La séance commence. Tandis qu'un film sentimental faisait se crisper sur mon bras la main tremblante de cette catin, je pensais aux paroles définitives que j'allais prononcer le soir même. (Donne-moi une cigarette.) Je composais à loisir mon discours, bref et catégorique. Puis je songeais à ma Lucie, ma petite fille aux yeux gris, au visage purement ovale. Je songeais que le but de tout homme, malgré le préjugé des vieux célibataires, c'est le mariage, c'est la vie auprès d'une compagne dévouée, librement choisie. Tout à coup, il me semble entendre derrière moi une voix connue. Je me tourne : dans l'obscurité je ne pus rien distinguer, mais un pressentiment vague m'étreignit. Pomponnette, énervée par les longs baisers sur la bouche que se prodiguaient les héros du film, me serrait de plus en plus étroitement. Elle finit par entortiller une de ses jambes dans les miennes.

« Soudain, les lampes se rallumèrent. J'entendis une voix indignée :

« – Regardez-moi ça ! Regardez-moi ça ! Vaurien ! Voyou !

« Je me tournai, le capitaine, au dernier rang des fauteuils, me montrait du doigt à sa femme et à sa fille. Je me levai pour fuir. Pomponnette me retint, regarda le beau-père furieux, et dit :

« – Qu'est-ce qu'il veut, celui-là ?

« J'eus alors un trait de génie, où tu me reconnaîtras tout entier : je repoussai Pomponnette et, la considérant avec surprise, je dis à haute voix et très dignement :

« – Que désirez-vous, mademoiselle ? Je n'ai pas l'honneur de vous connaître.

« Et tandis qu'elle demeurait pétrifiée, j'allai vers le beau-père pour lui présenter mes respects; je comptais m'enfuir ensuite.

« Mais cette fille est audacieuse. Elle se précipita derrière moi.

« – Qu'est-ce que ça veut dire, hein? Tu as honte de moi, maintenant? Tu ne me connais pas, maquereau? Eh bien, moi je te connais. Viens un peu ici, et tout de suite.

« Ce disant, elle me saisit par un pan de ma veste. Au même instant, le beau-père me dit avec mépris :

« – Il est inutile de jouer la comédie, monsieur. Je suis suffisamment éclairé, monsieur... Vous êtes un vilain monsieur, monsieur... Ne remettez jamais les pieds chez moi, monsieur...

« Pour comble de misère, cette Pomponnette, aux yeux de tous, m'insulta par une gifle! O Panier, je n'ai pu supporter cet outrage. Ma chair s'est révoltée, et n'ayant pas de fleur sous la main, je l'ai battue avec le poing que voici, tandis qu'elle plantait dans le plafond des cris aigus... Tu peux imaginer la suite. Une foule indignée a tenté de m'atteindre; ces longues jambes m'ont servi. J'ai pu fuir sous les cris et les huées, en remerciant le ciel de sa pureté : car, si cette aventure m'était arrivée par un temps gris, tous ces gens eussent été munis de parapluies... Je serais présentement à l'hôpital.

– Cette aventure est étrange, dis-je, et il faut convenir que le destin se joue de nous. O fatale coïncidence!

– Je te vois attristé par mon malheur, reprit-il, et encore tu n'en peux comme moi connaître toute l'étendue. D'abord, j'ai perdu Pomponnette. Oui, mon ami. Je l'ai perdue. Cette calotte publique est un définitif adieu; on ne peut l'interpréter autrement. Elle se mariera avec l'autre, c'est certain.

– Mon Dieu, dis-je, vous pourrez vous réconcilier. La foi conjugale ne lui sera point une prison...

Peluque se leva, très digne.

– Non, mon ami, non, je ne l'aiderai point à tromper son mari, car elle va épouser le vicomte! Oui, mon ami, le vicomte, cette andouille faisandée à qui j'ai tant d'obligations!

La nouvelle m'étonna grandement.

– Quant à Lucie, reprit-il, voilà ce que j'ai reçu d'elle...

L'œil humide, il fouilla son portefeuille, et me montra une petite lettre bleue. Avec un trémolo, il lut :

« Adieu. C'est fini. Je pars pour Grenoble, je vais chez ma grand-mère. Je vous renvoie vos lettres.

Lucie. »

– Ah! dans ces quelques mots elle a mis tout son cœur, dit-il avec conviction.

Je concédai :

– Oui, évidemment.

Il relut cette lettre avec des commentaires passionnés et qu'il prétendait tirer du texte laconique.

– « Adieu. » Dans ce seul mot elle a mis nos amours et sa foi. Elle a voulu dire : à Dieu. Nous sommes séparés sur la terre, mais nous nous retrouverons au ciel. Ensuite : « C'est fini. » Mots épouvantables, écrits en pleurant, qui résument affreusement son désespoir. « Je pars pour Grenoble », où vous êtes capable de me suivre : mais ne le faites pas pour le moment, car « je vais chez ma grand-mère », pour vivre dans le silence et l'ombre, avec le souvenir de notre amour. Puis : « Je vous renvoie vos lettres », ces chères lettres, que je ne pourrais relire sans pleurer, ces lettres qui ont mis du soleil dans ma vie. Et elle signe : Lucie! votre Lucie, ta Lucie, pour toujours, pour jamais!

Il pencha la tête sur le côté, joignit les mains, se frappa le front :

– Et je l'ai perdue! Je l'ai perdue!

Je crus un moment qu'il m'était possible d'alléger son chagrin en lui contant l'histoire du capitaine, et comment ils s'étaient dupés mutuellement.

– Ne penses-tu pas, dis-je, que la perte d'une belle dot aggrave ta douleur?

Il éclata :

– Bête brute! Saligaud! Mêler à ces choses sacrées l'odieuse, l'ignoble question d'argent! D'ailleurs, dit-il tout à coup en changeant de ton, je te pardonne; tu ne sais pas qui était Lucie. Tu ne sais pas la douceur de ses yeux mouillés, la grâce enfantine de ses gestes, la transparence laiteuse de sa peau. Elle était profondément artiste, Jacques. Elle me comprenait, elle savait mes défauts, elle m'aimait pour mes défauts!

Il tirait de sa poche un gros paquet de lettres noué d'un lacet de soulier.

– Voilà notre roman, dit-il, tout notre roman, si

effroyablement terminé. Il y a là tout le bonheur de deux mois, et le malheur de toute une vie.

Il parlait d'une voix que je n'avais jamais entendue. Je remarquai soudain ses traits tirés, ses yeux battus, un tic nerveux lui tirait les coins de la bouche. Je fus ému.

– Mon pauvre vieux, dis-je doucement, il faut se faire une raison. Ce projet de mariage était bien étrange. Ces gens-là ne savaient rien de toi, et tu leur avais fait mille contes. Et puis, tu es trop jeune pour te marier.

– Je ne suis pas trop jeune pour aimer, dit-il amèrement; je suis assez mûr pour souffrir!

Une larme perla au coin de son œil, près de son nez. Il tira de sa poche la photographie de la fiancée perdue. Longtemps, il la regarda en silence.

– Je ne savais pas moi-même, dit-il avec un sanglot contenu, que je l'aimais à ce point. Non, je ne le savais pas!

En face de nous l'arroseur public, muni d'une clef brillante, souleva une plaque de fonte. Ayant vissé, avec la lenteur d'un salarié, le long tuyau sur la prise d'eau, il fit bondir un jet puissant. En peu de temps, l'asphalte inondé étincela sous le soleil de juin. Il dirigea alors sa pétaradante parabole vers les feuillages qui, bien lavés, prirent un vert transparent et frais. Un grand bien-être physique compensa mon malaise moral.

Peluque venait de baiser encore une fois la chère image, lorsque je vis s'avancer au milieu de l'allée une jeune fille de seize à dix-sept ans.

Elle était fort élégamment vêtue, et, sous un chapeau de paille claire, elle m'émerveilla de ses yeux bleus. Elle tenait à la main un sandwich de crème glacée, qu'elle suçait en marchant.

C'était une petite modiste de la rue Saint-Savournin.

Peluque leva ses yeux, brillants de larmes. Sans y songer, il fit un sourire automatique. Elle ne put s'empêcher de sourire à son tour. Puis, pour lécher la crème glacée, elle tira un tout petit bout de langue en passant près de nous.

– Oh! la jolie langue! dit sans conviction le philosophe. Cette langue est rouge et fraîche comme un corail de pastèque! O combien désirable!

Le ton de sa voix était légèrement changé.

Quand la jeune fille se fut un peu éloignée, elle tourna rapidement la tête vers nous. Le philosophe parut soudain intéressé.

– Jacques, elle m'a regardé! Tu as vu, n'est-ce pas? Elle m'a regardé. C'est un fait.

Il se leva, comme indécis. La jeune fille tourna encore une fois la tête et sourit de nouveau.

– Jacques, dit le philosophe troublé, il serait peu galant... Tu comprends bien, malgré tout, que l'on doit... (Il me jeta la photographie et les lettres.) Garde ça... Surtout si tu considères que ces mollets...

Le reste fut perdu pour moi, car il s'en allait à longues jambes sur les traces de la belle enfant. Il la rejoignit d'autant plus vite qu'elle avait expressément ralenti le pas.

La conversation s'engagea, puis Peluque, passant délibérément son bras sous celui de la jeune fille, s'en fut fièrement. De sa main libre, il gesticulait avec grâce... Elle, la tête baissée, l'écoutait d'un air pensif.

... Et je compris que sous les platanes aux feuilles mouillées, dans la beauté fraîche du matin de juin, il lui offrait son cœur, sa main, sa vie, et l'usine de l'oncle Legrand.

VIE DE MARCEL PAGNOL

Marcel Pagnol est né le 28 février 1895 à Aubagne.

Son père, Joseph, né en 1869, était instituteur, et sa mère, Augustine Lansot, née en 1873, couturière.

Ils se marièrent en 1889.

1898 : naissance du Petit Paul, son frère.

1902 : naissance de Germaine, sa sœur.

C'est en 1903 que Marcel passe ses premières vacances à La Treille, non loin d'Aubagne.

1904 : son père est nommé à Marseille, où la famille s'installe.

1909 : naissance de René, le « petit frère ».

1910 : décès d'Augustine.

Marcel fera toutes ses études secondaires à Marseille, au lycée Thiers. Il les terminera par une licence ès lettres (anglais) à l'Université d'Aix-en-Provence.

Avec quelques condisciples il a fondé *Fortunio*, revue littéraire qui deviendra *Les Cahiers du Sud*.

En 1915 il est nommé professeur adjoint à Tarascon.

Après avoir enseigné dans divers établissements scolaires à Pamiers puis Aix, il sera professeur adjoint et répétiteur d'externat à Marseille, de 1920 à 1922.

En 1923 il est nommé à Paris au lycée Condorcet.

Il écrit des pièces de théâtre : *Les Marchands de gloire* (avec Paul Nivoix), puis *Jazz* qui sera son premier succès (Monte-Carlo, puis Théâtre des Arts, Paris, 1926).

Mais c'est en 1928 avec la création de *Topaze* (Variétés) qu'il devient célèbre en quelques semaines et commence véritablement sa carrière d'auteur dramatique.

Presque aussitôt ce sera *Marius* (Théâtre de Paris, 1929), autre gros succès pour lequel il a fait, pour la première fois, appel à Raimu qui sera l'inoubliable César de la Trilogie.

Raimu restera jusqu'à sa mort (1946) son ami et comédien préféré.

1931 : Sir Alexander Korda tourne *Marius* en collaboration avec Marcel Pagnol. Pour Marcel Pagnol, ce premier film coïncide avec le début du cinéma parlant et celui de sa longue carrière cinématographique, qui se terminera en 1954 avec *Les Lettres de mon moulin.*

Il aura signé 21 films entre 1931 et 1954.

En 1945 il épouse Jacqueline Bouvier à qui il confiera plusieurs rôles et notamment celui de Manon des Sources (1952).

En 1946 il est élu à l'Académie française. La même année, naissance de son fils Frédéric.

En 1955 *Judas* est créé au Théâtre de Paris.

En 1956 *Fabien* aux Bouffes Parisiens.

En 1957 publication des deux premiers tomes des *Souvenirs d'enfance* : *La Gloire de mon père* et *Le Château de ma mère.*

En 1960 : troisième volume des *Souvenirs* : *Le Temps des secrets.*

En 1963 : *L'Eau des collines* composé de *Jean de Florette* et *Manon des Sources.*

Enfin en 1964 *Le Masque de fer.*

Le 18 avril 1974 Marcel Pagnol meurt à Paris.

En 1977, publication posthume du quatrième tome des *Souvenirs d'enfance* : *Le Temps des amours.*

BIBLIOGRAPHIE

1926. *Les Marchands de gloire.* En collaboration avec Paul Nivoix, Paris, L'Illustration.

1927. *Jazz.* Pièce en 4 actes, Paris, L'Illustration. Fasquelle, 1954.

1931. *Topaze.* Pièce en 4 actes, Paris, Fasquelle.
Marius. Pièce en 4 actes et 6 tableaux, Paris, Fasquelle.

1932. *Fanny.* Pièce en 3 actes et 4 tableaux, Paris, Fasquelle.
Pirouettes. Paris, Fasquelle (Bibliothèque Charpentier).

1933. *Jofroi.* Film de Marcel Pagnol d'après *Jofroi de la Maussan* de Jean Giono.

1935. *Merlusse.* Texte original préparé pour l'écran, Petite Illustration, Paris. Fasquelle, 1936.

1936. *Cigalon.* Paris, Fasquelle (précédé de *Merlusse*).

1937. *César.* Comédie en deux parties et dix tableaux, Paris, Fasquelle.
Regain. Film de Marcel Pagnol d'après le roman de Jean Giono (Collection « Les films qu'on peut lire »). Paris-Marseille, Marcel Pagnol.

1938. *La Femme du boulanger.* Film de Marcel Pagnol d'après un conte de Jean Giono, « Jean le bleu ». Paris-Marseille, Marcel Pagnol. Fasquelle, 1959.
Le Schpountz. Collection « Les films qu'on peut lire », Paris-Marseille, Marcel Pagnol. Fasquelle, 1959.

1941. *La Fille du puisatier.* Film, Paris, Fasquelle.

1946. *Le Premier Amour.* Paris, Editions de la Renaissance. Illustrations de Pierre Lafaux.

1947. *Notes sur le rire.* Paris, Nagel.

Discours de réception à l'Académie française, le 27 mars 1947. Paris, Fasquelle.

1948. *La Belle Meunière.* Scénario et dialogues sur des mélodies de Franz Schubert (Collection « Les maîtres du cinéma »), Paris, Editions Self.

1949. *Critique des critiques.* Paris, Nagel.

1953. *Angèle.* Paris, Fasquelle.
Manon des Sources. Production de Monte-Carlo.

1954. *Trois lettres de mon moulin.* Adaptation et dialogues du film d'après l'œuvre d'Alphonse Daudet, Paris, Flammarion.

1955. *Judas.* Pièce en 5 actes, Monte-Carlo, Pastorelly.

1956. *Fabien.* Comédie en 4 actes, Paris, Théâtre 2, avenue Matignon.

1957. *Souvenirs d'enfance.* Tome I : *La Gloire de mon père.* Tome II : *Le Château de ma mère.* Monte-Carlo, Pastorelly.

1959. *Discours de réception de Marcel Achard à l'Académie française et réponse de Marcel Pagnol,* 3 décembre 1959, Paris, Firmin Didot.

1960. *Souvenirs d'enfance.* Tome III : *Le Temps des secrets.* Monte-Carlo, Pastorelly.

1963. *L'Eau des collines.* Tome I : *Jean de Florette.*
Tome II : *Manon des Sources,* Paris, Editions de Provence.

1964. *Le Masque de fer.* Paris, Editions de Provence.

1970. *La Prière aux étoiles, Catulle, Cinématurgie de Paris, Jofroi, Naïs.* Paris, Œuvres complètes, Club de l'Honnête Homme.

1973. *Le Secret du Masque de fer.* Paris, Editions de Provence.

1977. *Le Rosier de Madame Husson, Les Secrets de Dieu.* Paris, Œuvres complètes, Club de l'Honnête Homme.

1977. *Le Temps des amours,* souvenirs d'enfance, Paris, Julliard.

1981. *Confidences.* Paris, Julliard.

1984. *La Petite Fille aux yeux sombres.* Paris, Julliard.

Les œuvres de Marcel Pagnol sont publiées dans la collection de poche « Fortunio » aux éditions de Fallois.

Traductions

1947. William Shakespeare, *Hamlet*. Traduction et préface de Marcel Pagnol, Paris, Nagel.
1958. Virgile, *Les Bucoliques*. Traduction en vers et notes de Marcel Pagnol, Paris, Grasset.
1970. William Shakespeare, *Le Songe d'une nuit d'été*. Paris, Œuvres complètes, Club de l'Honnête Homme.

FILMOGRAPHIE

1931 – MARIUS (réalisation A. Korda-Pagnol).

1932 – TOPAZE (réalisation Louis Gasnier).
FANNY (réalisation Marc Allégret, supervisé par Marcel Pagnol).

1933 – JOFROI (d'après *Jofroi de la Maussan* : J. Giono).

1934 – ANGÈLE (d'après *Un de Baumugnes* : J. Giono).

1934 – L'ARTICLE 330 (d'après Courteline).

1935 – MERLUSSE.
CIGALON.

1936 – TOPAZE (deuxième version).
CÉSAR.

1937 – REGAIN (d'après J. Giono).

1937-1938 – LE SCHPOUNTZ.

1938 – LA FEMME DU BOULANGER (d'après J. Giono).

1940 – LA FILLE DU PUISATIER.

1941 – LA PRIÈRE AUX ÉTOILES (inachevé).

1945 – NAÏS (adaptation et dialogues d'après E. Zola, réalisation de Raymond Leboursier, supervisé par Marcel Pagnol).

1948 – LA BELLE MEUNIÈRE (couleur Roux Color).

1950 – LE ROSIER DE MADAME HUSSON (adaptation et dialogues d'après Guy de Maupassant, réalisation Jean Boyer).

1950 – TOPAZE (troisième version).

1952 – MANON DES SOURCES.

1953 – CARNAVAL (adaptation et dialogues d'après E. Mazaud, réalisation : Henri Verneuil).
1953-1954 – LES LETTRES DE MON MOULIN (d'après A. Daudet).
1967 – LE CURÉ DE CUCUGNAN (moyen métrage d'après A. Daudet).

IMPRIMÉ EN FRANCE PAR BRODARD ET TAUPIN
Usine de La Flèche (Sarthe), le 10-03-1995.
1866 L-5 - N° d'Éditeur 119, dépôt légal : octobre 1991.

ÉDITIONS DE FALLOIS - 22, rue La Boétie - 75008 Paris
Tél. 42.66.91.95